── 봄비는, 내가 나무 심은 걸 알고

김치호의
악양(岳陽) 귀촌 이야기

이 책은 지리산 형제봉 자락에 귀촌하여 집 짓고 살아가는 촌부(村夫)의 얘기입니다.

적지 않은 나이에 고향도 아니고 그렇다고 특별한 연고가 있는 곳도 아닌 곳에 집을 짓고 삶의 거처를 옮기는 것은 쉽지 않은 일입니다. 그럼에도 "흙 한 줌, 풀 한 포기 없는 도회지 아파트에서 반평생을 산 것도 부족해서 그곳에서 생을 마감해야 한다면 그건 너무 슬픈 일이 아닌가. 앞으로 살아갈 날이 얼마인가…. 그 남은 시간만이라도 흙 밟으며 생명을 가꾸고, 생의 마지막 순간에는 산과 들, 나무와 풀꽃의 배웅을 받고 싶다"는 간절함으로 귀촌의 뜻을 이루었고, 지금 저는 섬진강 바라보이는 형제봉 자락에서 나름 건강한 삶을 꾸려가고 있습니다.

온전히 자연에 내맡겨지는 산촌의 일상은 거칠 수밖에 없습니다. 그러나 그 거친 일상에는 인간의 몸과 마음을 정화시키는 생명의 기운 같은 게 느껴집니다. 초목과 대화하고 공기 속의 물기와 바람의 흐름을 가늠하는 것도 어쩌면 그런 기운을 느끼고 체화(體化)시키는 방편이라 할 수 있을까요. 백면서생(白面書生)이 익숙지 않은 자연으로 돌아가 흙을 밟고 흙을 만지며 살아가는 행간의 얘기가 독자들에게 어떤 의미로 다가갈지 저는 모릅니다. 다만 그 거친 시공간에 의탁된 한 영혼이 그 기운에 힘입어 정화되고 자유로워져가는 과정을 담담하게 기록하고자 했으니 뒷감당은 오롯이 저의 몫일 것입니다.

이 책을 준비하면서 가졌던 한 가지 소망은 저같이 "지역(local)에 사는 사람이, 지역의 얘기를 쓰고, 지역의 출판사가 출간을 맡아주었으면" 하는 것이었습니다. 여기서 지역이란 중앙(서울)으로부터 지리적으로 떨어져 있는 물리적 의미

보다 경제적 사회적 문화적으로 소외되고 정서적으로 피폐한 주변부라는 뉘앙스를 함축하고 있습니다. 문학과 예술이 사라지고 책이 사라지는 이 부박(浮薄)한 시대에 지역이 지역의 목소리를 낼 수 있는 영역이나 방법은 많지 않습니다. 설사 저의 소박한 소망이 의미 있는 것이라 하더라도 현실은 넘을 수 없는 벽이 된 지 오래입니다. 그런 상황에서도 희망은 있기 마련일까요? 지역에서 묵묵히 지역의 목소리를 담아내고 있는 한 출판사가 흔쾌히 손을 내밀었고, 그리하여 이 책이 태어나게 됩니다.

한 권의 책이 세상의 빛을 보기까지는 많은 이들의 관심과 공감, 출판 장인들의 열의와 노고를 필요로 합니다. 먼저 이 어려운 시기에 출간을 결심해준 뜻있는도서출판 이지순 대표의 관심과 열의를 기억하지 않을 수 없습니다. 부실한 원고를 아름다운 책으로 엮어 주신 편집자와 디자이너에게도 특별한 감사를 드립니다. 그리고 산촌생활의 단편적인 일상을 가끔 페이스북 등 SNS 공간에 올렸을 때 따뜻한 마음으로 읽어주고 격려를 보내주신 모든 분들에게도 감사의 말씀을 전합니다.

마음의 답례로, 악양으로 귀촌할 때 화두로 삼았던 도연명(陶淵明)의 〈귀거래사(歸去來辭)〉 한 구절을 덧붙입니다.

"낙부천명부해의(樂夫天命復奚疑). ── 저 천명을 즐기면 그만이지, 다시 무엇을 의심하거나 망설이랴."

2024년 12월
── 자미산방 주인 김치호.

목차

1 귀촌

처음 이 땅을 보러왔을 때의 인상과 느낌은
지금도 눈과 머릿속에 선명합니다. 비록
야생의 거친 땅이지만 양명(陽明)하여
따뜻해보였고 남동쪽으로 흘러내린 지세가
포근하고 아늑했습니다. 온갖 허상을 좇아
사느라 지치고 병든 몸과 마음을 치유해줄 것
같은 영험한 기운이 느껴졌습니다.

- 2019년 4월 23일

"악양에 한번 살아봐요"

2019년 4월 23일

봄 가뭄을 적시는 단비가 내리고 있습니다.

산사(山寺)는 칠흑 같은 어둠에 묻혀 고요한데…. 빗줄기가 간간이 요사채 창을 두드리며 정적을 깨트립니다. 처마 낙숫물 떨어지는 소리 장단에 귀 기울이느라 쉬이 잠들지 못하는 밤, 여기는 남도 땅 하동 악양입니다.

더 늦기 전 귀촌할 생각으로 최근 이곳 악양의 외진 산자락에 얼마간의 땅을 마련하였습니다. 뒤로는 지리산 형제봉(해발 1,116m)이 올려다보이고 앞으로는 악양 들판과 저 멀리 섬진강이 내려다보이는 곳입니다. 형제봉이 솟아있는 지리산 줄기는 하동군 악양면과 화개면의 경계를 이루고, 그 오른쪽 동북으로 회남재(回南岾)를 넘으면 청암면 묵계리와 청학동으로 이어집니다. 죽어서는 내 혼백이 섬진강 물에 띄워져 망망한 남해 바다로 흘러가는 꿈을 꾸며, 형제봉 자락에 남은 생을 보낼 조그만 집 짓는 일의 첫걸음을 내디딘 것입니다.

악양과의 인연, 그리고 이곳으로의 귀촌을 결심한 지는 제법 되었습니다. 햇수로 15년이 더 되었으니 묵은 인연이라면 묵은 인연이지요. 그 무렵 나는 회색빛 도시의 반복적인 일상에 많이 지쳐 있었고 짬 나는 대로 악양 개치마을의 원성 스님 토굴(수행처)을 피난처 삼아 드나들고 있었습니다.

천 리 길을 서둘러 오느라 진이 빠진 몸을 악양은 따뜻하게 맞아주었고, 그 만남의 시간이 길어지면서 악양의 사철 풍광과 넉넉하고 안온한 분위기에 조금씩 빠져들게 됩니다. 섬진강 모래톱을 걸으면서 이 강물에 의지했던 민초들의 고단한 삶을 떠올렸고, 형제봉에 올라 지리산 골짜기 이곳저곳에 뼈를 묻고 흙으로 바람으로 돌아간 이들이 꿈꾸었던 세상을 그려보며 삶의 무게를 되짚어보고 있었습니다.

그렇게 오륙 년을 보냈을 즈음, 스님 토굴에서 바라보이는 섬진강과 지리산 자락의 수려한 경관에 넋이 빠져 있던 어느 봄날이었습니다. 오면 오고 가면 가나 보다 하던 스님이 그날따라 뭔가 집히는 게 있었던지 툭 한마디 던지는 것이 아니겠습니까.

"그렇게 오다가다만 하지 말고, 정년하면 복작거리는 서울 떠나 이곳 악양에 한번 살아봐요. 풍광과 토성(土性)이 좋아 지낼 만한 곳입니다."

순간 한 줄기 청신한 바람이 답답한 가슴을 쓸고 지나갑니다.

스님의 말이 씨가 되어 스님이 나서고 마을 이장과 신도들을 통해 적당한 땅을 찾는 수소문이 시작됩니다. 처음에는 매물로 나온 단정한 집이 있었으면 했지만, 이왕이면 여생을 보낼 집이니 본인 생각을 담아 직접 지어보는 게 어떻겠느냐는 스님의 부추김에 방향이 틀어진 것이지요.

생각과 달리 땅 마련은 여의치 않았습니다. 팔려고 내놓은 땅은 많았지만 눈에 들어오는 땅은 귀했습니다. 마음에 들면 상대는 값을 너무 높게 불렀고, 스님이 좋다고 권하면 내 마음은 저 멀리 도망가고 있었습니다. 돌이켜보면 내가 발 딛고 살아갈 땅의 의미를 되새기고 숙고하게 만든 시간이자 정화 과정이 아니었던가 합니다.

몇 차례 곡절을 거친 뒤, 형제봉 자락, '악양(岳陽)'이란 지명에 걸맞게 온통 바위에다 칡덩굴로 뒤덮인 거친 땅을 마련한 것이 2019년 4월 초였습니다. 지목이 답(畓)과 임야인 작은 필지들이 섞여 있는 걸로 보아 이전에는 계곡물을 끌어들여 벼농사를 짓고 매실과 녹차 등을 재배했던 모양인데, 여러 해 동안 가꾸지 않아 다시 '자연'으로 돌아간 땅입니다. 계곡을 사이에 두고 울창한 대나무 숲이 있고 대봉감 매실나무와 녹차밭이 제멋대로 펼쳐져 있어 오지 분위기가 물씬 묻어나는 곳입니다.

처음 이 땅을 보러왔을 때의 인상과 느낌은 지금도 눈과 머릿속에 선명합니다. 비록 야생의 거친 땅이지만 양명(陽明)하여 따뜻해 보였고 남동쪽으로 흘러내린 지세가 포근하고 아늑했습니다. 온갖 허상을 좇아 사느라 지치고 병든 몸과 마음을 치유해줄 것 같은 영험한 기운이 느껴졌습니다.

섬진강입니다. 악양면 개치마을에서 북쪽으로 바라본 모습입니다

이제 그 기운에 의탁하여, 그 기운을 좇아 그 야생의 땅에 집 짓고 귀촌하는 여정을 시작하려 합니다.

오늘 오전에 국토정보공사(옛 지적공사)에서 나와 땅의 경계 측량을 했습니다. 이 자료를 바탕으로 토목설계를 하고, 진입도로 개설과 집터 조성 공사가 뒤따르겠지요. 그러고 나면 건축설계, 시공, 준공…. 단계마다 이런 저런 인허가 절차를 거쳐야 합니다. 지금껏 경험해 보지 않은 일이고 가보지 않은 길입니다. 그래서 더 아득하고 힘들게 느껴지지만 새로운 과업에 대한 호기심에다 약간의 도전감마저 느껴지고 있어 그것으로 버텨볼까 합니다.

오후에는 전입신고를 함으로써 이제 어엿한 하동군 악양면민이 되었습니다. 그리고 농업기술센터, 농산물품질관리원을 방문하여 귀촌 관련 정보를 알아보고 농업경영체 자격을 취득하는 절차를 밟았습니다. 땅의 일부가 임야라서 임업경영체 자격도 얻어두는 것이 좋다기에 전북 남원의 서부지방산림청에 전화로 절차와 준비 서류를 문의했습니다.

바쁜 하루였습니다.

악양 속으로 한 걸음 더

2019년 6월 23일

틈나는 대로 악양 땅 이곳저곳을 둘러보고 있습니다.

아름다운 풍광 앞에서는 잠시 머물고, 눈에 들어오는 집이 있으면 그 입지와 주변 지세를 살펴봅니다. 어쩌다 집주인 만나면 통성명하고 세상사 운을 띄워볼 때도 있습니다. 구석구석에 숨어있는 찻집이나 맛집도 귀동냥해서 알아야 할 테고, 그들이 살아가는 얘기를 들을 수 있으면 더 좋겠다 싶지요.

우리 지명에 볕 양(陽)자가 들어있는 고장은 대개 뒤로는 큰 산을 등지고 앞으로는 강이나 큰 개천이 흐릅니다. 흔히들 배산임수의 지형지세라고 하지요. 서울의 옛 이름 한양(漢陽)이 대표적이고 제 고향 밀양(密陽)이 그렇습니다. 풍수지리적 관점에서 악양(岳陽)도 전형적인 배산임수의 형세를 갖춘 땅입니다. 뒤로는 형제봉을 주산(主山)으로 하여 지리산 줄기가 병풍처럼 둘러치고 앞으로는 섬진강이 흐릅니다.

이중환(李重煥 ; 1690~1756)은 〈택리지(擇里志)〉 지리산 악양 관련 서술에서 악양을 '청학동'으로 소개합니다. 그는 사람이 살기 좋은 땅(可居地)이 갖추어야 하는 네 요소로서 지리(地理), 생리(生利), 산수(山水), 인심(人心)을 꼽았습니다. 풍수적 길지(吉地), 생업과 물류에 유리한 입지, 아름다운 풍광, 세시풍속과 사람들의 인성을 의미하는 것들일 텐데요. 시대가 바뀌어 요즘 사람들의 입맛이나 관점에서는 곧이곧대로 따를 수 없는 항목도 있겠으나, 아무튼 악양은 예로부터 태평성세의 이상향인 '청학동'에 비정될 정도로 그 네 요소를 두루 갖춘 살기 좋은 고장으로 이름났었습니다.

그러나 정작 '악양'이란 지명이 많은 이들에게 친숙해진 데에는 박경리 소설 〈토지〉의 영향이 절대적이지 않았을까요? 소설의 주무대인 평사리에 최참판댁과 그에 딸린 집들이 지어지고, 드라마 세트장이 들어서면서 악양은 많은 사람이 즐겨 찾는 관광지가 된 지 오래입니다. 하나 재미있는 사실은 이곳을 찾는 적지 않은 사람들이 그 소설 속의 허구적(fictional) 공간을 실제로 있었던 역사적 공간으로 착각한다는 것입니다. 평사리의 최참판댁은 소설 〈토지〉 이후에 지어진 것인데, 마치 그 이전부터 있었던 것처럼 여긴다는 말이지요. 저도 가끔 그렇게 느낄 때가 있고요. 소설가의 상상력으로 창조된 시대 공간과 이야기를 의식 속에 내재화하고 역사화하는 문학의 위대함이라 해도 될까요?

오늘은 회남재로 차를 몰았습니다.

회남재(해발 753m)는 악양면과 청암면의 동북 경계선에 있는 고개인데요. 고개를 넘으면 청암면의 청학동과 묵계초등학교로 가는 비포장의 거친 길이 이어집니다. 예부터 회남재는 함양 산청 하동 등 지리산 언저리 사람들이 널리 이용하던 교통로였고, 20년 전쯤 악양 5일장이 폐쇄되기 전만 하더라도 청암면 산골 사람들이 장날이면 약초와 산나물을 이고 지고 넘던 고개였습니다.

고갯마루에 올라서니 지리산 능선과 악양 들판이 한눈에 들어옵니다. 왼쪽 능선은 깃대봉–칠성봉–구재봉으로 이어지고, 오른쪽으로는 형제봉–신선대–고소산성으로 이어지며 악양 들판을 감싸고 달리다 섬진강 속으로 꼬리를 감춥니다. 저 멀리 아스라이 섬진강이 흘러가고, 말발굽 형세의 지리산 줄기에 포근하게 안긴 악양 산하의 풍요로운 풍광에 매료되어 한참을 머물렀습니다.

돌아오는 길에 이곳 악양 출신인 유성준·이선유 명창의 판소리기념관에 들렀습니다. 유성준(劉成俊 ; 1874~1949)은 근대 판소리 5대 명창 중 한 분이자 송만갑(宋萬甲 ; 1865~1939)과 더불어 동편제의 양대 산맥으로 불립니다. 이선유(李善有 ; 1874~1949) 명창은 우리나라 최초의 판소리 다섯 마당 창본인 〈오가전집(五歌全集)〉을 펴냈으며 입신(入神)의 기(技)를 가진 동편제의 또 다른 큰 줄기입니다. 두 분이 같은 해 태어나고 같은 해 돌아가신 후 같은 곳에 기념관이 세워진 것도 참 특별한 인연이 아닐 수 없습니다. 가끔 이곳에서 판소리 관련 문화 행사가 열릴 것이고 이웃 마을 마실가 듯 편하게 참여할 수 있을 것이라 생각하니 왠지 마음이 넉넉해집니다.

늦은 오후, 마을회관 앞 너른 마당에서 열린 '입석마을 한마음 잔치'에 참석했습니다. 두어 달 전쯤 농업경영체 신청 서류에 마을 이장의 확인서가 필요하여 이장을 찾았을 때 이장이 이날 마을 행사가 열리는데 시간 되

악양면 평사리 박경리문학관입니다. '악양'이란 지명이 많은 이들에게
친숙해진 데에는 박경리 소설 〈토지〉의 영향이 절대적일 듯합니다.

면 참석하여 마을 사람들과 인사도 나누고 안면을 트면 좋지 않겠느냐고 하길래 당연히 그러겠다고 했었지요.

입석리는 악양면에서도 큰 마을이고 귀촌 인구 비율이 하동군에서 제일 높다고 합니다. 인사를 나눈 마을 분 가운데서도 외지에서 귀촌한 이들이 적지 않았고요. 모두가 좋은 이웃이 되어보자며 따뜻한 손길을 내밀어주었습니다.

푸짐한 먹을거리에다 오랜만에 나이 지긋한 노친네들의 장기 자랑과 재롱(?)을 보는 것이 즐거웠고, 때가 되면 나도 그 속으로 들어가 함께 어울릴 수 있기를 빌었습니다.

5일장 나들이

2019년 9월 3일

9월로 접어드니 아침저녁으로 제법 선선함이 느껴집니다. 한낮의 햇살도 열기가 많이 수그러들었고요. 집 짓는 일은 뒷전이고 5일장 나들이에 재미를 붙여가고 있습니다.

집터 조성에 따라붙는 각종 인허가 절차는 건축주가 원한다고 해서 그때그때 바로 처리되는 것도 아닌 데다 의뢰받은 설계사무소도 내 일만 하는 것이 아닐 테니 진척이 없다고 안달하기보다 느긋하게 기다리는 것 외에 딱히 다른 방법이 없기 때문인지도 모르겠습니다. 5일장 나들이는 그로 인한 스트레스와 잉여 시간을 적절히 해결하는 방편이라고나 할까요.

농촌 인구가 줄면서 지역의 활력이 떨어지기 시작한 지는 어제오늘이 아니지요? 그 흐름의 중심에 5일장의 쇠락도 한 자리 차지하고 있을 테고요. 이곳 악양 5일장이 없어진 지 20년이 넘었고, 남아 있는 군내 5일장들도 장세가 예전만 못하다고 합니다. 교통 통신이 발달하고 인터넷에 기반한 물류 시스템이 보편화되다 보니 5일장의 폐쇄 또는 쇠락은 어쩔 수 없는 측면이 있지만, 시골 5일장의 추억이 있는 연배의 눈에는 그런 세태가 못내 아쉽게 다가오는 것도 사실일 것입니다.

1970년대만 하더라도 대개 일이십 리 안팎에 하나씩 있던 5일장은 만남과 소통, 물류와 상거래의 중심이었습니다. 사고파는 것은 기본이고 한동안 보지 못한 지인들과 만나 안부를 묻고 농사 작황에 관한 정보를 나누던 장이었고요. 그렇다고 5일장이 어른들만의 공간은 아니었습니다. 아이들에게 장마당은 신기한 물건들을 보며 새로운 세계를 꿈꾸고 상상력을 살찌우던 배움의 현장이었습니다.

저는 어린 시절 장이 서는 날이면 괜히 몸이 근질거렸고 동무 몇이랑 또는 엄마 졸라 장 구경에 나서곤 했지요. 쭉 늘어선 점포와 난전에 펼쳐진 형형색색 물건들을 보며 눈이 휘둥그레지다가도 역시 눈에 들어오는 건 좌판의 엿이나 알사탕 같은 먹을거리였습니다. 꼭꼭 숨겨 아껴 둔 십 환짜리 동전•을 만지작거리며 망설이지만 그 유혹을 어린 영혼이 어찌 이겨내겠습니까. 신이 나서 갈 때와는 달리 돌아오는 신작로 십 리 자갈길은 한없이 멀었고, 막걸리 한잔 걸치고 갈치 한 마리 지푸라기에 묶어 사 들고 가는 동네 할아버지 말동무하며 그 길을 걸었습니다.

악양에서 손쉽게 갈 수 있는 5일장은 하동장 구례장이고 좀 더 거리를 넓히면 광양 옥곡장, 순천 아랫장 웃장 등입니다. 가까운 하동장엘 주로 가지만, 물건이 풍성하고 가격도 좋은 구례장도 가끔 갑니다. 옥곡장은 이보다 전통적인 시골 장 분위기가 남아 있어 좋고요.

집터 조성을 위한 설계와 인허가가 차일피일 늦어지면서 대책 없이 남아도는 시간에 5일장 나들이에 재미를 붙여가고 있다고 했지만, 사실 나이 들어 귀촌한 이들에게 장 나들이는 빼놓을 수 없는 일상이자 힐링의 시공간이기도 합니다. 포장 없이 매대나 바닥에 펼쳐 놓은 싱싱한 식자재를 얼마라도 사고 나면 횡재했다는 생각에 그냥 즐겁습니다. 하루하루의 삶에 최선을 다하는 시장 상인들의 모습을 보며 흘려보낸 지난 삶을 되돌아보기도 하고 또 한편으로 각오와 용기를 충전하는 곳이 5일장입니다.

사람 냄새 가득한 5일장, 그곳에는 오늘을 살아가는 보통 사람들의 에너지와 목소리가 있습니다. 가격표 붙은 대로 깔끔하게 카드 결제하고 나오는 도시의 대형 마트와 달리 상황에 맞게 작동하는 거래 현장이 펼쳐집니다. 냉면의 겨자같이 거래에 맛을 더하는 기분 좋은 흥정이 있고, 슬쩍 한두 개 더 챙겨주는 인정이 있습니다. 허리에 찬 전대에서 때 묻은 거스름돈을 꺼내주는 손길에는 5일장 상인들의 삶에 대한 강한 의지와 애환이 서려 있는 듯하고요. 언젠가 좀 이른 시각에 뭘 하나 샀더니 마수걸이했다며 받은 돈을 이마에 붙였다 떼며 고맙다고 하던 아주머니의 환한 표정도 기억에 남아 있습니다.

그런 5일장 고유의 생태와 잠재된 에너지는 특별합니다. AI와 같은 첨단 기술 시대에 어쩌면 전통과 현대가 공존하는 대표적인 공간이 5일장이 아닐까 하는 생각도 하게 되고요. 그래서 우리 5일장이 살아있는 경제 사회 문화 공간으로 보존되고 활성화되었으면 하는 바람이 더 간절해지는지도 모르겠습니다.

단출한 식구라 딱히 이것저것 살 것은 많지 않습니다. 물건 사러 가는 것보다 그 느낌과 분위기가 좋아서, 열심히 살아가는 사람들의 충만한 에너지를 느껴보고 싶어 장 나들이에 나선다고 해도 될까요. "장 보러 간다"는 말마따나 장 구경 가는 것이지요. 그래도 직접 기른 이런저런 푸성귀를 널어놓은 할머니들 물건을 조금씩 사드리고, 빨리 팔고 밭일 가야 한다는 아주머니 성화(?)도 들어주다 보면 어느새 바구니가 가득해집니다. 몇 번 가다 보니 단골이 된 과일 노점 사장과의 대화도 빼놓을 수 없고요.

"실하고 때깔 좋은 물건은 취급하기 어려워요. 그런 물건들은 서울 백화점으로 가는 게 맞고, 여기는 여기 나름의 수준에 맞는 물건을 가져올 수밖에 없습니다."

오늘은 안식구랑 구례장엘 왔습니다. 시장통에서 돼지국밥 한 그릇씩 먹고 표고버섯 호박 햇고구마랑 몇 가지 찬거리를 샀습니다. 매 순간 치열하게 살아가는 장터 사람들을 보면서 바로 저 사람들이 바닥 경제를 떠받치고 있구나 하는 생각, 그들만큼은 아니더라도 좀 더 열심히 살아야겠다는 다짐을 하면서 다음 장날을 기약합니다.

● 1962년 6월에 단행된 2차 화폐개혁에서 화폐 단위가 10분의 1로 절하되고 화폐 호칭도 '환'에서 '원'으로 변경, 즉 10환이 1원으로 바뀌었으나 기존에 사용하던 10환 동전은 새로 발행된 종이돈 1원권과 함께 계속 사용되었습니다.

귀촌, 그 로망과 욕망의 변주

2019년 10월 2일

어느덧 10월입니다.

악양 들판도 형제봉 산색도 하루가 다르게 가을빛으로 물들어갑니다. 저 형제봉 자락 한 켠에 지어질 소담한 집과 정원, 텃밭을 그려보고 있지만, 온통 칡덩굴과 바위로 뒤덮인 얼마간의 땅만 마련되었을 뿐, 토목 작업과 집 짓는 일은 여전히 머릿속의 구상 단계를 벗어나지 못하고 있습니다.

두어 달 전, 악양에 귀촌할 생각으로 집 지을 땅을 장만했다는 얘기 몇 줄을 페이스북에 올렸더니, 그 글을 본, 혹은 전해 들은 지인들이 가끔 진행 상황을 물어옵니다. 대개는 듣고도 못 들은 척 흘려 넘기지만, 때로는 이때다 하고 궁금한 사항을 털어놓고 의견을 구하기도 합니다. 정작 일을 벌여 놓고 나니 겁도 나고 그만큼 챙겨야 할 사항이 많다는 의미일까요?

지목이 임야인 경사지 매실밭에 진입도로 개설과 집터 조성을 위한 토목

설계를 관련 업체에 의뢰한 것이 지난 5월 초였습니다. 다섯 달 가까이 지나고 있으나 별다른 진척 사항은 눈에 들어오지 않습니다. 나는 나대로 서울에 남겨 놓은 잡일에 치여 챙길 여력이 없었고, 설계사무소는 설계사무소대로 의뢰인의 채근이 없으니 관련 서류를 서랍 속에 묵혀두고 있었던 것일까요. 생전 처음 해보는 일이라 가늠이 안 되는 건 그렇다 치더라도, 진척 없이 차일피일 시간만 축내고 있는 작금의 상황이 불편하게 다가오는 것도 사실입니다. 어쩌면 지난 반년 가까운 시간은 법적으로 개발(건축) 행위가 가능한 땅이라 하더라도 현실에서는 부딪히고 넘어야 하는 난제가 한두 가지가 아님을 조금씩 알아가는 과정이었다고 보는 게 맞을지도 모르겠습니다.

많은 사람들이 귀촌과 전원생활을 꿈꿉니다. 은퇴를 앞둔 중장년층의 로망입니다. 요즘은 젊은 사람들이 더 적극적으로 나서고 있다는 얘기도 많습니다. 특히나 나같이 도회지 삶에 찌들다 은퇴한 서생(書生)에겐 전원의 넉넉한 풍광과 흙이 그립기 마련이고, 거기에다 새로운 삶의 터전을 마련하고픈 욕망은 강할 수밖에 없습니다. 그 욕망이 통제되지 않고 선을 넘는 순간 덜컥 일을 저지르게 되는데요, 내 경우가 딱 그랬습니다.

몇 년 전 강원도에 집 짓고 귀촌한 친구가 내가 악양에 귀촌할 목적으로 땅을 마련했다는 얘기를 듣고서는 씩 웃으며 한 마디 던지더군요.

"꿈은 꿈으로 남아 있을 때가 좋은 거야. 전원이 그립고 흙이 그립다고 서두를 필요 없어. 서두른다고 안 될 일이 되는 것도 아니고. 머지않아 우리 육신도 다 흙으로 돌아가게 될 텐데 뭐…."

막연한 계획과 꿈에 부풀어있는 나를 에둘러 걱정하는 말이었습니다만, 귀에 들어올 리가 있겠습니까? 집 짓고 귀촌, 그 로망과 욕망의 변주는 이미 시작되었고 멈출 수가 없습니다.

악양에 마련한 땅은 마을을 지나 산 쪽으로 한참 올라가 있는데요. 산자락 지세에 따라 길쭉한 고구마나 돼지감자같이 들쭉날쭉 묘하게 생긴 몇 필지가 한데 어우러진 땅입니다. 땅의 형상은 그렇게 생겼어도 계곡을 끼고 있는 데다 향(向)과 조망이 좋은 완만한 경사지라서 보는 사람마다 좋다고 덕담을 합니다. 그런 덕담이 귀촌과 집 짓는 일을 응원하는 따뜻한 격려의 목소리인 줄 알지만, 땅이 정남에서 동쪽으로 15도가량 적당히 틀어져 있고 뒤로는 형제봉이, 앞으로는 악양 들판과 구재봉이 눈을 시원하게 하는 것은 사실입니다. 겨울에는 양명(陽明)하고 지세 따라 집을 앉히면 집 안에서 악양 들판과 구재봉을 볼 수 있겠다 싶습니다. "제 눈에 안경"이란 말은 바로 이런 경우를 두고 하는 말일까요.

며칠 전에는 현장에서 토목설계 시안을 놓고 설계사, 공사업자(포클레인 기사)와 작업 방향과 일정에 대해 이야기를 나누었습니다. 진입로 개설과, 경사지에 석축 쌓아 집터 만들고 얼마간의 텃밭을 가꿀 수 있을 정도로 나머지 땅을 정리하는 데 대략 1주일에서 열흘 정도 걸리겠다고 하더군요. 하루 공사비가 60만 원이니 열흘이면 600만 원입니다.

시작한 일이니 계속 가보겠습니다.

고유제(告由祭) 산행

2019년 11월 8일

오늘은 지리산에 올랐습니다.

이번 산행은 지리산의 제2봉인 반야봉(해발 1,732m)에 올라 늦가을 지리산의 넉넉한 풍광과 기운을 온몸으로 느껴보면서 조만간 시작될 집터 조성 공사를 앞두고 마음을 다스리는 뜻으로 계획되었습니다. 조금 거창한 듯싶지만, 고유제(告由祭)의 의미를 담은 산행이라 해도 될까요. 옛사람들은 집을 짓기 전에 관련 신령에게 사유를 고하고 허락을 청하는 예를 올렸다는데, 자연과 교감하고 함께하며 살아갔던 선인들의 그 정신을 악양에 지어질 집에도 담아보고 싶었기 때문입니다.

늘 그래왔듯 익숙한 혼자만의 산행. 신새벽 어둠이 조금씩 걷힐 무렵, 피아골 연곡사(鷰谷寺)를 출발했습니다. 시계를 보니 여섯 시 반이었습니다.

직전마을을 지나 삼홍소(三紅沼)까지는 계곡을 옆에 끼고 이어지는 비교적 평탄한 길입니다. 새벽 공기는 청신했고 계곡 물소리가 맑고 깊었습니다. 유명한 피아골 단풍은 며칠 전 내린 비와 강풍으로 거의 다 지고 없었지만, 그게 오히려 색다른 늦가을의 감흥을 불러일으키기에 부족함이 없었습니다.

구름 조금 낀다는 전날의 일기예보가 틀렸는지, 삼홍소를 지나 고도가 조금씩 높아지자 싸락눈이 내리기 시작했고 기온은 시시각각 떨어지고 있었습니다. 깊은 산 속의 가을 날씨는 변화무쌍하다는 말을 실감하는 순간이었습니다. 더욱이 피아골 대피소 지나면서부터 길은 가팔라집니다. 거기에다 굵어지는 싸락눈, 짙은 안개, 잊을 만하면 나타나는 곰이 그려진 야생동물 출현 경고 안내판…, 근 세 시간 반 동안 사람 구경을 전혀 못 했고 순간순간 두려움과 무서움으로 몸을 떨었습니다.

산행을 시작한 지 네 시간쯤 지난 열 시 반 무렵 종주 능선과 합류하는 피아골 삼거리에 도착하여 처음 사람을 보니 그렇게 반가울 수가 없었습니다. 몸도 마음도 조금씩 안정을 되찾았으나 10m 앞이 보이지 않는 짙은 안개에다 매서운 강풍으로 빠르게 고갈되고 있는 체력을 생각하며 마음을 바꿔 먹어야 했습니다. 당초 계획대로 반야봉에 오르려면 피아골 삼거리에서 오른쪽 능선 길을 따라 걸어야 하는데, 악천후도 악천후지만 얼마 남지 않은 체력으로 반야봉 가파른 비탈길은 무리다 싶어 그 반대 방향인 노고단-화엄사 쪽으로 향했습니다.

열한 시 반 좀 지나 노고단 대피소에 도착했고, 새벽에 공양주 보살이 챙겨준 김밥과 사과 한 개, 단감 한 개로 간단히 요기한 뒤 서둘러 화엄사 쪽으로 하산하기 시작했습니다. 하산 길 가운데 약 3km가 가파른 내리막길인 데다 바위길 위에는 비에 젖은 낙엽이 덕지덕지 붙어 있어 미끄럽고 위험했습니다. 다리 힘이 풀린 탓인지 몇 번 미끄러지기도 했으나 가벼운 찰과상에 그쳤으니 여간 다행한 일이 아니었습니다.

쉬지 않고 걸어 오후 두 시 반에 화엄사 도착했으니, 대략 여덟 시간 산행이었습니다. 당초 계획했던 반야봉에 오르지 못했으나, 산행 내내 지리산의 의미를 생각했고 악양에 지어질 집을 생각했습니다. 지리산의 넉넉한 기운이 집에 담아지길 빌었고, 그 기운의 도움으로 악양에서의 삶이 좀 더 자유로워지길 빌었습니다.

섬진강 모래톱에서

2019년 11월 18일

늦가을 오후 평사리 섬진강 모래톱을 걸었습니다.

재첩 껍질이 삭아든 모래는 까슬까슬했고
얕은 강물이 발목을 간지럽혔습니다.

모래톱에 누우니
하늘에는 새털구름
천천히 흘러가고 있었습니다.

무거운 육신 버리면
마음은 저 구름 되어 흘러갈 수 있을까.

얼핏 꿈을 꾸었습니다.

내가 죽고

죽은 육신을 빠져나온 혼백이 섬진강물 따라

남해 바다로 흘러가고 있었습니다.

꿈속의 꿈이 이곳에서 이루어지길 기도하며

저녁노을 강물에 내려앉을 때까지 누워 있었습니다.

농가 창고를 짓기까지

2020년 1월 15일

소한 대한 추위가 헛말인 듯 연일 포근한 날씨가 이어지고 있습니다.

하동군청에 전화해보니 그동안 애 먹여왔던 농가 창고(컨테이너)의 사용승인(준공)이 떨어지고 공부(公簿) 기재도 완료되었다고 합니다. 농가 창고를 짓기로 하고 토목설계와 부지 측량을 의뢰한 것이 지난해 9월 초였으니, 준공까지 넉 달이 더 걸린 셈입니다.

농가 창고 짓기까지는 사연이 좀 있습니다.

토목설계 할 때 집을 앉힐 위치는 향과 조망이 가장 좋은 곳으로 설정하기 마련인데요. 악양 땅은 집터로 점찍은 데가 땅의 맨 안쪽이어서 거기에다 대지를 위치시키면 한정된 전체 허가(예정) 면적에서 진입도로가 차지하는 부분이 상대적으로 너무 커지고, 따라서 정작 집을 앉힐 대지가 작아지는 문제를 뒤늦게 발견하고 고민에 빠집니다.

이 문제를 두고 토목설계사무소와 논의를 거듭한 끝에 1차로 집터로 들어가는 입구에 농가 창고를 짓고, 2차로 농가 주택 신축 허가를 받는 방안을 채택하게 되는데요. 계획에도 없던 창고를 먼저 지은 다음 집은 2차로 나중에 짓는 모양새가 좀 그렇긴 하지만, 어쨌든 그렇게 하면 진입로 면적의 비중을 줄일 수 있게 되고 대지 면적을 넉넉히 확보할 수 있습니다. 문제는 상당한 시일이 더 소요되고 비용도 추가로 발생하게 되는 것인데요. 마땅한 다른 대안도 없는 데다 창고는 이곳 생활에서 꼭 필요한 공간이니 어차피 지을 것 미리 당겨 짓는 셈 치고 그 방향으로 일을 진행하게 됩니다.

창고 부지 100평은 예정된 대지 앞쪽의 산지를 전용하여 확보하고 거기에다 범용 사이즈(3×6m) 컨테이너 2동을 설치하기로 했습니다. 이것도 엄연한 토목, 건축 행위인지라 각각의 설계사무소에 의뢰하여 적지 않은 설계비를 내고 설계를 하고 준공 절차도 밟아야 합니다. 합법적으로 공부에 등재되는 건축물이기 때문에 인터넷 검색창에도 뜨고 재산세도 부과됩니다.

창고로 쓸 컨테이너는 공장에서 제작한 뒤 싣고 와 현장에 설치하는 것이 보통이지만, 컨테이너 실은 트레일러가 좁은 마을 커브 길을 통과할 수 없다고 판단되어 추가 비용을 내고 현장에서 조립하여 설치해야 했습니다. 한정된 예산으로 좋은 조망과 풍광을 찾아, 산 쪽으로 올라가는 곳에 집을 지을 경우 이러한 예상치 못한 비용이 숨어 있을 줄 몰랐던 것이지요. 아무튼 한 동은 순수한 창고 공간이고, 다른 동은 급할 때 잠시 눈이라도 붙이고 쉴 수 있도록 바닥에 온열판을 깔고 에어컨도 달았습니다.

창고 건축 과정에서 한심스런 에피소드도 있었습니다. 준공 검사를 위한 현장 실사에서 창고로 들어가는 진입로가 신고한 설계도면과 조금 다르게 시공되었음이 지적됩니다. 원칙적으로는 포장된 콘크리트를 걷어내고 재시공해야 하지만 위반 정도가 경미하여 설계 변경을 통해 해결하는 것으로 처리가 되었고요. 또 컨테이너도 설계도면과 조금 어긋나게 설치되어 설계 변경을 한 뒤 준공 검사를 통과했습니다. 이 간단한 공사도 제대로 감당하지 못하는 시공업자를 질책한들…. 그때마다 일정은 늦춰지고 비용은 비용

대로 늘어났습니다.

첫 공사부터 학습 비용을 톡톡히 치르는 바람에 화증도 만만찮았지만, 되돌릴 수 없다면 받아들일 수밖에요.

건축 허가가 떨어졌습니다

춘분이 지난 지 여러 날 되고 청명이 코앞이니 봄은 이미 깊었습니다.

이곳은 남녘이라 매화는 끝물이고 벚꽃이 만개로 치닫고 있는 중입니다. 어제는 기분 전환 삼아 화개 쌍계사(雙磎寺)로 바람 쐬러 갔더니, 평일이긴 했지만 인적 뜸하기가 이런 적이 있었나 싶을 정도로 한적했습니다. 이맘때면 화개장터에서 쌍계사에 이르는 십리벚꽃길이 차와 사람으로 미어지는데, 코로나의 위력을 실감하는 순간이었습니다.

코로나 여파로 경제 활동 전반이 가라앉다 보니 집터 조성 작업도 덩달아 차일피일 늦춰지고 있습니다. 그나마 지금 단계는 대부분 서류와 자료 서면으로 진행되는 일들이어서 영향이 좀 덜하니 그나마 다행이라 할 수 있을까요.

농지나 산지에 집터 공사를 실행하기 위해서는 우선 건축 허가가 나와야 합니다. 통상 시간을 절약하기 위한 방편으로 잠정 설계도면으로 건축 허가 신청을 하는데, 근 한 달이 걸려 건축 허가가 떨어졌습니다. (실제 시공 단계에서는 최종 설계도면으로 설계 변경을 하면 된다고 합니다.) 처리 기간 30일을 꽉 채운 마지막 날 통보를 해온 것이어서 기분이 언짢았지만 어쩌겠습니까. 집 짓는 일은 좀 이따 시작하더라도 이제 집터 조성하는 토목 공사는 할 수 있게 된 것입니다.

토목 공사에 앞서 챙겨야 할 것이 많습니다. 국토정보공사에 분할 측량을 의뢰해야 하고, 군청에 산지개발이행보증금을 예치하거나 보증보험증권을 제출해야 합니다. 대체산지조성비용 납부 건도 있고요. 그리고 집 짓는 일과는 직접적인 관련이 없지만, 토목 공사와 병행하여, 대지에 편입되고 남는 자투리땅에는 산지일시사용신고서를 제출하여 정지 작업을 할 계획입니다. 그 땅에다 연말쯤 대봉감나무와 같은 과실수 묘목을 얼마간 심어볼 생각을 하고 있거든요.

　　이런 절차들이 여간 성가시고 번거로운 게 아니지만, 긍정하고 받아들여야 합니다. 지금껏 경험해보지 못한 새롭고 긴장되고 흥미로운 일임에는 분명하니까요.

칡덩굴로 뒤덮인 황무지가 집터로

2020년 5월 29일

4월이 가고 5월이 가고 있습니다.

　　아카시아꽃이 지고 밤꽃이 피고 있습니다.

　　악양 땅 집터 공사는 생각처럼 매끄럽지 않았습니다. 5월 중순에 사흘 동안 장비가 들어와 전체적인 터의 윤곽을 잡는 단계까지 갔으나 큰 비를 만나면서 작업은 중단되었고, 또 땅이 마르고 굳기를 기다리느라 여러 날을 보낸 뒤에야 끝낼 수 있었습니다. 소소한 부분은 집을 지으면서 또는 집을 다 짓고 난 뒤 마무리되어야 하겠지만, 이로써 건축 자재를 실은 차가 들어올 수 있고 집 지을 작업 공간이 마련된 것입니다.

　　인간의 손이 닿으면 바위와 칡덩굴로 뒤덮인 황무지가 며칠 사이에 길이 되고 집터가 되는 과정이 놀랍습니다. 그 과정은 한편으로 뭇 생명들이 살

인간의 손이 닿으면 바위와 칡덩굴로 뒤덮인 황무지가 며칠 사이에 길이 되고 집터가 되는 과정이 놀랍습니다.

고 있는 평온한 생태 공간을 허물고 뒤엎는 것이니…, 터 작업을 하면서 나름 최소한으로 파헤치느라 마음을 썼지만 어찌 지나침이 없었다고 하겠습니까? 옛사람들은 집을 짓기 전에 집터의 수호신인 산신이나 토지신의 허락을 청하는 고유제(告由祭)를 지내고 또 인부들이 무탈하게 작업을 끝낼 수 있기를 기원하는 개토제(開土祭)의 예를 올렸다는데, 자연에 대한 그 배려와 공존의 정신을 떠올리며 이곳에서 터 잡고 살고 있는 뭇 생명들과의 화평을 빌었습니다.

조성된 집터에 서면 바로 눈앞에는 매실밭, 저 멀리 악양 들판과 그 너머로 구재봉이 무한으로 펼쳐지고, 뒤로는 형제봉이 내려다봅니다. 건축가는 저 열린 공간의 풍광을 어떻게 최적화하여 집 안으로 끌어들일 것인가? 그리하여 이 새로운 공간에서 사람과 자연이 어떤 방식으로 교감하고 더불어 살아갈 것인가? 지금 그 상념의 중심에 내가 서 있습니다. 생각이 많으면 깨달음은 더 멀어진다고 하는데…, 생각도 공간도 단순해질 때 집터를 둘러싸고 있는 저 싱그러운 초목이 응원할 것입니다.

처음으로 창고로 지어진 컨테이너에서 잠을 잤습니다. 안락하다고 할 수는 없지만 그다지 불편하지도 않았습니다. 이른 시각에 눈뜨니 산속의 맑은 공기가 청신했고, 아침 햇살에 반짝이는 5월의 신록이 찬란했습니다. 이 불안한 코로나 시기에 외진 산자락, 거친 공간에서 맑은 공기 마시며 하루를 시작하는 이 시간을 몸은 기억하겠지요?

2 집 짓기

우리 삶이 그렇듯 건축은 되돌릴 수 없는
과정입니다. 머릿속에 그렸던 공간이 생각과
다른 모습으로 실체화될 때는 아쉬움을
넘어 고통으로 다가오고 되돌아갈 수
없음에 절망하기도 합니다. 그럼에도 생각이
설계도가 되고, 설계도가 입체적 구조물이
되어가는 과정은 충분히 흥미롭고
신비로웠습니다.

– 2021년 8월 17일

단순하고 거칠게

2020년 6월 6일

머릿속에 구상하고 있는 악양 집의 개념(concept)입니다.

"Simple and Wild!"

저 두 단어의 조합을 찾아가는 과정에서 허(虛)와 휴(休)의 공간적, 건축적 의미를 생각했고, "자연 속의 집, 집 속의 자연", 생태, 치유, 평심(平心) 등등의 말을 떠올리고 있었습니다.

새벽 단상

2020년 9월 7일

흐릿한 새벽안개 속에 대나무 숲은 명상에 들었고, 저 멀리 악양 들판도 구재봉도 안개에 묻혔습니다.

지리산 형제봉 자락에 움집 하나 짓는 일은 출발선에서부터 삐걱거리고 있습니다. 5월에 터 작업을 해 놓았던 땅은 긴 장마와 폭우로 풀밭이 되어 고라니 멧돼지들의 놀이터가 되었습니다.

저 대나무 숲을 가림벽으로, 풀밭을 이불 삼아서라도 이곳에 터 잡고, 그리하여 땀 흘리며 땅을 일구고 가꿈으로써 몸과 마음을 정화해야 할 터…. 그런 공덕 하나 없이 어찌 피안(彼岸)의 강을 건너겠습니까.

살아서는 번다한 인연 굴레 끊지 못하지만, 죽어서는 혼백을 저 섬진강물에 띄워 보낼 때 나는 진정 자유로운 존재가 될 것입니다.

쪽빛 하늘, 주홍빛 대봉감

금방이라도 푸른 물이 뚝뚝 떨어질 것 같은, 하늘은 온통 쪽빛입니다.

가을도 많이 깊었습니다.

지금 악양은 대봉감으로 동네동네가 주홍빛으로 물들고 있습니다. 긴 장마와 폭우에다 해거리까지 겹쳐 작황은 예년만 못하지만, 수확에 바쁜 농부들의 손길 위로 쏟아지는 햇살이 무척 따사롭습니다.

토목설계와 터 조성 단계에서 주춤거렸던 집 짓는 일은 9월 들면서 속도를 내기 시작했습니다. 시공자 선정과 계약 체결이 있었고, 그 무렵 집 설계 작업도 마무리됨에 따라 바로 공사로 들어갔습니다.

추석 직전에 '야리가다'(일본말로 야리는 '~을 치다'를, 가다는 '형틀'을 의미하는 것으로 집을 앉힐 위치를 잡는 일. 우리말로는 '규준틀'로 순화.) 치고 기초 터파기와 버림 콘크리트 작업을 끝냈고요. 지난주부터 골조 작업이 시작되었습니다. 거푸집을 설치하고, 철근 작업과 전기 배선이 끝나면 레미콘 타설이 이어질 것입니다.

집 짓는 일과 별도로 개인적으로도 바쁜 10월이었습니다. 그동안 준비해온 책 〈창령사 오백나한의 미소 앞에서〉가 9월 말에 발간되어 집필 과정에서 관심을 갖고 격려해준 분들에게 감사 인사와 책을 보내는 일, 북콘서트 준비 등으로, 다른 한편으로는 미루어왔던 눈 수술과 관절염 치료 때문에 병원 출입이 잦았습니다. 이제 그런 일에서 일정 부분 자유로워졌으니 좀 더 집 짓는 일에 집중할 수 있겠지요.

그래도 내일이나 모레 하루쯤은 잠시 짬 내어 망중한(忙中閑)의 시간을 가져볼까 합니다. 지금 절정인 피아골 단풍 구경도 하고, 연곡사 부도전에 들러 집 짓는 일의 무사 회향(回向)을 빌어볼 참입니다.

벽체가 서고 지붕이 덮이니

2020년 11월 19일

산자락이 품어내는 적당한 냉기에 나른한 몸이 깨어나는 늦가을 아침, 창밖에는 비가 내리고 악양 들판은 비안개에 묻혔습니다.

절기상으로 첫눈이 내린다는 소설(小雪)이 사흘 앞이니 이제 가을도 끝물입니다. 지고 남은 얼마간의 단풍잎마저 씻어 내리려는 듯 빗줄기가 세차고 굵어집니다. 저 비 그치고 나면 가을도 뒤안길로 물러나고 겨울이 성큼 다가오겠지요.

집 공사가 시작된 지 두 달이 다 되어갑니다. 벽체가 서고 지붕이 덮이니 대강의 집 모양이 갖추어졌습니다. 외벽에 치장벽돌 쌓고 창틀을 끼우면 더 모양이 날 것입니다.

지금은 집의 뼈대와 외형을 만들어나가는 단계라고 할 수 있겠는데요. 이 단계가 마무리되면 집 안을 채워나가는 목공 작업과 각종 배관, 타일 붙이기 등 섬세함이 요구되는 일이 뒤를 이을 것입니다. 지금까지 대략 4분의 1 정도 진행된 공정을 되돌아보면 아쉽게 다가오는 부분이 적지 않습니다. 실내 공간 배치와 창호의 위치 크기 높낮이 등등…. 설계 단계에서 좀 더 시간을 갖고 건축가와 더 깊게 교감하며 아이디어를 담아냈어야 하지 않았나 하는 아쉬움에다 이런저런 생각이 많아집니다. 이어질 내부 공사에서 그러한 부분들이 얼마간이라도 보정될 수 있으면 좋겠지만…, 그 또한 사람이 하는 일이라 편한 마음으로 가야겠습니다.

코로나 상황이 위태위태해 보입니다. 확진자 수가 계속 늘고 있고 조만간 그 수가 급증할 거라는 불안한 소식에 마음이 답답해집니다. 집이 지어지는 이곳 산골이야 청정 지역이어서 별걱정은 안 하지만, 간혹 주변에서 확진되었다는 소식을 들을 때면 가슴이 철렁합니다. 개인적으로는 코로나 확산으로 예정되어 있던 강연이 취소되고 준비해오던 북콘서트도 취소되

집을 지으면서는, "자연 속의 집, 집 속의 자연"이라는 꿈을 담고자 했습니다.

었습니다. 뭐 그런 거야 다음에 할 수도 있는 일이고 안 해도 그만이니 차라리 잘됐다 싶기도 합니다. 이 기회에 집 짓는 일에 좀 더 깊이 빠질 수 있지 않을까 해서요.

매화 한 가지에 봄이 열리고

2021년 1월 31일

새해를 맞은 지가 엊그제 같은데 벌써 한 달이 지나가고 있습니다.

아침부터 비가 내리기 시작합니다. 봄을 재촉하는 겨울비치고는 제법 기세가 강한데요. 긴 겨울 가뭄 끝에 내리는 단비라서 그런지 창에 부딪는 빗방울 소리가 외려 정겹습니다.

이 비가 오고 나면 매화 꽃몽오리는 한층 빠르게 부풀어 오르겠지요. "꽃 한 송이 피니 온 세계가 열린다(一花開 世界起)"●는 어느 선승(禪僧)의 말처럼 부풀어 오른 매화 꽃눈이 터지고 봄이 열릴 날도 멀지 않았습니다. 내일모레가 입춘이니, 어쩌면 남녘의 봄은 근처 어딘가에 몰래 와 있는지도 모르겠습니다.

집 짓는 일은 12월 들어서면서 주춤거리다 보니 예정보다 많이 늦어지고 있습니다. 코로나 상황이라 자재 조달이 여의치 않은 데다 인력 수배도 어렵고 동절기를 맞아 기온도 많이 내려가는 등 이런저런 악재가 겹쳤기 때문입니다.

그 어려움을 넘어 외부 치장 벽돌 쌓는 작업이 끝났고, 창틀 끼우기와 화장실 및 바닥 난방 배관, 방통(실내 바닥 시멘트 미장) 작업도 마무리되었습니다. 이제 남은 것은 대부분 목수들이 할 일입니다.

세상일이 대개 그렇다고들 하지만, 뜻한 바대로 마음에 들게 처리되는 경우는 드뭅니다. 집 짓는 일이 대표적인 사례가 아닐까 합니다만…. 그저께 외벽 치장 벽돌 사이에 줄눈(흔히 일본말로 '메지(目地)'라고 하죠.)을 넣을 때 일인데요. 현장 인부들에게 벽돌의 입체감이 드러나게 줄눈을 깊게 넣도록 신신당부하고 바깥 일 보러 나갔는데, 돌아와서 보니 전혀 그렇지가 못했습니다. 그들은 건축주의 요구보다는 그들 나름의 편하고 익숙한 방식으로 작업하는 게 체질화된 부분이 없지 않다고 보지만, 되돌릴 수 없는 상황이어서 많이 아쉬웠습니다.

● 〈벽암록(碧巖錄)〉 제19칙 〈수시(垂示)〉에 나오는 내용입니다.

"잘 가요, 압둘라"

2021년 2월 5일

공사 현장에서는 가끔 외국인들이 함께 와서 보조를 합니다. 동남아에서 온 이들이 많고 저 멀리 중앙아시아에서 온 이들도 있습니다. 며칠째 현장에 오고 있는 압둘라는 우즈베키스탄 사람인데요. 휴식 시간에 휴대폰 동시통역 앱을 이용하여 이런저런 얘기를 나누며 잠시 즐거운 한때를 보냈습니다. 그의 나이는 50대 중반, 첫째 부인(러시아인)과는 딸 하나를 낳은 뒤 이혼했고 지금 부인과의 사이에 딸 넷을 두고 있답니다. 딸, 손자 손녀 사진을 보여주며 자랑하다 그리움에 눈시울을 붉힐 때는 저도 덩달아 울컥해지더군요. 그는 체류 기간이 끝나 내일 서울로 올라가 귀국행 비행기를 탄답니다. 귀국 하루 전까지 가족을 위해 열심히 일하고 떠나는 그에게 잘 가라는 인사를 건네며 무사 귀국과 행운을 빌었습니다.

　"잘 가요. 압둘라!"

매화는 절정인데, 집 짓는 일은 더디고

2021년 3월 13일

우수 경칩 지나고 춘분이 머잖은 3월 중순입니다. 며칠 전 비가 제법 넉넉하게 내린 덕분인지 계곡 물소리가 한층 낭랑해진 듯하고요. 여기저기 돋아나는 풀색도 하루가 다르게 연둣빛으로 선명해지고 있습니다.

바야흐로 매화가 절정으로 치닫고 있습니다.

집 공사 현장 주변에는 매실나무가 많습니다. 집이 지어지고 있는 땅은 원래 매실밭이었는데요. 처음 이곳 땅을 보러왔을 때 매실나무들은 여러 해 동안 전혀 관리되지 않아 야생으로 돌아간 상태였습니다. 가지는 제멋대로 뻗어 있었고 칡덩굴과 잡초가 뒤엉켜 어지러웠습니다. 그 가지가지마다 지금 흐드러지게 매화가 피고 있습니다. 뿜어나는 매향에다 꿀 따는 벌 떼의 웅웅거리는 소리가 더해져 정신이 황홀하다 못해 어질어질해집니다. 집 짓는 일을 응원할 겸 봄맞이 남도 순례 차 악양에 들른 지인이 이 광경을 보더니 저처럼 밀도 높게 만발한 매화는 처음 본다며 한동안 말을 잊더군요.

집 짓는 일은 여전히 더디게 진행되고 있습니다. 그래도 시간이 가니 조금씩 완성되어가는 집 내부 모습이 눈에 들어오는군요. 베란다 방수 페인팅, 화장실과 부엌 벽에 타일 붙이는 작업이 끝났고, 당초 일정보다는 많이 늦었지만 다락방 인테리어와 목공 작업도 거의 마무리되었습니다.

간밤에는 시공사가 부도나 현장에 쌓아 놓은 자재를 차압해가는 꿈을 꾸었습니다. 공사가 제대로 진척되지 않는 데서 오는 스트레스가 꿈속에서 시공사 부도라는 최악의 상황을 연출한 것일까요? 개꿈이길 바라지만 괜히 마음이 불편해집니다.

집 공사와는 달리 물 공급을 위한 지하수 관정 작업은 순조롭게 끝났습니다. 이곳은 마을 상수도 취수원이 바로 위에 있을 정도로 청정 지역이니

집터는 원래 매실밭이었습니다. 집 짓는 일은 더뎌도 매실나무는 부지런히 매화를 피워 올립니다. 뿜어나는 매화 향기에 정신이 황홀하다 못해 어질어질해집니다.

계곡물을 끌어다 먹을까 하는 생각을 하면서 한동안 지하수 파는 일을 망설이고 있었습니다. 비용을 생각하지 않을 수 없었겠지요. 위쪽으로 매실 감나무 과수원이 몇 필지 있는 데다 집도 두어 채 있어 언젠가는 지하수를 파야 할 것이고 고심 끝에 그럴 바에야 지금 파자는 쪽으로 마음을 굳히게 됩니다. 적지 않은 비용이 들어갔지만 암반을 뚫고 쏟아져 나오는 시원한 물맛이 참 좋습니다.

늘 보는 경관이지만 오늘따라 집 짓는 현장에서 올려다보는 형제봉은 악양의 진산(鎭山)이란 이름에 걸맞게 악양 고을을 진호(鎭護)하는 장중한 존재감이 느껴집니다. 지금 지어지고 있는 집이 형제봉의 기운을 얼마간이라도 나눠 받을 것이라 생각하면 왠지 기분이 좋습니다. 그곳에 오르면 남쪽으로 악양 들판과 섬진강, 저 멀리 남해 다도해가 펼쳐지고 북으로는 지리산 연봉이 줄기줄기 이어진다는데…, 그 수려한 풍광을 상상해보는 것만으로도 충분히 가슴 설레는 일이고요.

그나저나 집 짓는 일로 쌓인 스트레스도 풀 겸 조만간 형제봉에 한번 올라야겠습니다. 이 책 곳곳에서 형제봉을 언급하면서도 여지껏 제대로 그 속살을 들여다보지 못한 나도 그저 무심한 사람임이 분명합니다.

땀방울에서 봄 냄새가 피어오릅니다

2021년 3월 31일

봄비 속으로 벚꽃이 지고 있습니다.

화창한 봄날에는 아침에 피고 저녁에 지는 게 벚꽃이라 했던가요. 어제 만개한 벚꽃이 오늘은 꽃비 되어 내립니다. 그 장면이 장관이긴 하나 우리 눈에 익숙한 아름다움과는 결이 다른, 어찌 보면 비장함 같은 것이 묻어있는 듯도 하고요.

벚꽃이 쿨하게 퇴장하면 감나무에 잎이 돋아납니다. 오늘처럼 비 내리는 날, 한껏 물기 머금은 가지마다 돋아나는 감나무 새순에는 봄기운이 약동하고 생명의 에너지가 넘쳐흐릅니다. 바야흐로 신록의 계절, 연둣빛 향연이 시작되는 것이지요.

연둣빛 봄기운은 이뿐이 아닙니다. 집 뒤쪽의 형제봉 산색도 저 멀리 내려다보이는 악양 들판에도 봄빛이 짙었고 겨우내 시든 듯 기가 빠져 있던 계곡 옆 대나무 숲도 생기를 되찾아가고 있습니다.

어제는 땅에서 솟아나는 봄기운을 온몸으로 맞으며 텃밭을 일구었습니다. 호박 구덩이도 서너 개 팠습니다. 만물이 소생하는 계절, 이 화창한 봄날에 흙을 파 엎으며 흘리는 땀방울에서 봄 냄새가 피어올랐습니다.

봄이 되어 날이 풀리고 해도 길어지니 집 짓는 일도 속도를 내며 마지막 피치를 올리고 있습니다. 화장실 세면대 변기를 설치하고 정화조를 묻었습니다. 지하수를 집 안으로 끌어들이고 보일러도 설치했습니다. 어제는 도배하고 오늘 바닥에 강마루를 깔았더니 집 안이 한결 사람 사는 공간으로 바뀝니다. 이제 전원 콘센트를 설치하고 배전함 만들어 전기를 끌어들이면 집 안에서 물 전기 공급과 난방이 가능해지는 것입니다.

집 짓느라 세상일에 대충 담을 쌓고 지낸 지 반년이 넘었습니다. 그래도 어쩌다가 세상으로 뚫린 창을 들여다볼 때면 많이 답답하고 걱정스럽습니다. 혼탁해지고 있는 선거판이야 주기적으로 있어왔던 일이니 어느 정도 감내가 되지만, 코로나 상황은 누진 확진자가 어느새 10만 명을 넘어섰고 하루 확진자도 오륙백 명에 이르고 있습니다. 백신 소식은 감감하고 조심하는 것 외 딱히 방법이 없으니….

가까운 친구가 그 환란(?)의 도시를 탈출하여 농가 창고로 지어 놓은 컨테이너에서 며칠 쉬어가고 싶다고 연락을 해왔습니다. 설치할 때는 애물단지 같았던 컨테이너가 코로나 시대에 피난처가 될 줄 어찌 생각이나 했겠습니까? 함께 칡덩굴 가시덤불로 뒤덮인 녹차밭과 매실밭을 정리하며 땀 흘리고 형제봉도 올라보자고 약조했습니다.

고사리 한 자루 꺾으려면 삼천 배를 해야

2021년 4월 13일

어제그제 내린 비로 넉넉하게 물기 머금은 초목은 연두색으로 빛나고, 바람결에 실려 오는 봄 냄새가 싱그럽습니다.

집 주변 고사리밭에서는 고사리 수확이 한창입니다. 이곳 지리산 고사리는 찾는 이가 많아 한철 부지런히 꺾으면 농가 수입에 적잖이 도움이 된다고 합니다. 그러나 농사일 어느 것 하나 편하고 쉬운 것이 있을까요? 고사리 하나 꺾을 때마다 땅에다 절 한 번씩 하니 고사리 한 자루 꺾으려면 삼천 배를 해야 한다는 농담 같은 진담 속에 농사일의 고단함이 녹아 있습니다.

연둣빛 봄 날씨가 좋아 산자락 사이로 나 있는 산책길 따라가다 보니 순이 너무 자라 잎이 되어버린 두릅이 있고, 엄나무 순도 그 비슷한 모습으로 자라 있습니다. 모르고 지나친 것이 어찌 두릅 엄나무 순뿐이겠습니까. 봄철에는 조금만 눈을 돌려도 식탁을 풍성하게 할 귀한 식자재들이 지천일 텐데, 지금부터라도 살펴보아야겠습니다.

어제는 집 짓는 일도 쉬는 데다 날씨는 더없이 화창하여 서울서 코로나 피해 내려온 친구와 녹차밭 검불도 걷고, 집 주위에 울타리 삼아 옥수수를 심어볼 요량으로 땅을 좀 골랐습니다. 옥수수는 굳이 이랑을 반듯하게 할 필요도 없고 어디나 잘 자라는 데다 여름철 별미의 간식거리가 될 터이니 심지 않을 이유가 없지요. 옥수수씨 넣는 김에 집 공사하면서 알게 된 아랫마을 사람 집에서 소똥거름을 몇 마대 얻어와 일전에 파두었던 호박 구덩이에 흙과 섞어 채우고 씨를 넣었습니다. 또 지난번에 열무 상추 씨 뿌린 텃밭 옆에 추가로 몇 이랑을 더 만들었습니다. 고추 오이 가지 토마토 고구마 등 생각나는 대로 심어볼 생각입니다.

집 짓는 일도 이제 마무리 단계에 이른 듯합니다. 지난주에 싱크대와 붙박이장 설치 공사가 있었고, 뒤 이어 인덕션(전기레인지)과 천장 에어컨을 설치했습니다. 이곳은 산촌이라 도시가스는 없고 LPG 쓰는 가스레인지 아니면 인덕션인데요. 외진 곳이라 취사 중 가스가 떨어지면 바로 가스 배달이 안 될 것 같아 초기 비용이 좀 들더라도 안정적인 부엌 에너지 확보 차원에서 인덕션을 선택했습니다.

또 전기 인입과 관련하여 처음에는 미관을 고려해서 지중 매설 방식을 염두에 두고 있었습니다. 인입 거리가 짧아 지상 인입을 할 경우 한전이 모든 비용을 부담하지만, 지중 매설은 비용도 상당한 데다 인입 거리에 관계없이 그 비용 모두를 건축주가 부담해야 합니다. 어떻게 할까 망설이고 있던 차, 전기 기사가 자기야 일거리 생기면 좋긴 하지만 이곳은 외진 곳이어서 전신주에 외등을 달아야 할 듯하고, 또 시골 땅은 무단으로 파헤쳐지는 경우가 다반사니 그런 걸 감안해서 지중화보다는 전신주를 박아 전기를 인입하는 방식을 추천하기에 그에 따랐습니다.

오늘은 서울 친구와 악양의 진산(鎭山) 형제봉에 올랐습니다. 오르는 길이 좀 가파르긴 했으나 오랜만에 신록과 함께한 산행이 참 좋았습니다.

정상으로 가는 길목인 신선대의 출렁다리는 개통을 미루고 안전을 위한 보강 작업을 하고 있어 건너 볼 수 없었지만 정상에서 본 경치는 압권이었습니다. 남쪽으로 섬진강과 저 멀리 남해 다도해가 한눈에 들어오고, 북쪽으로는 지리산 능선이 끝없이 이어지고 있었습니다. 악양 들판은 연둣빛 풀색으로 짙었고 바로 발아래로 고개를 돌리니 지금 거의 다 지어진 집이 흐릿한 윤곽으로 눈에 들어왔습니다.

'입석길 90-○○○'

2021년 5월 6일

청명한 기운으로 가득한 하늘 속 형제봉은 푸르름을 더하고, 연두로 가는 초목의 행진이 빨라지고 있습니다.

연두는 생명의 색이자 힐링의 빛입니다. 아름다움을 넘어 신비로움으로 각인되는 강한 이끌림입니다. 지금 나의 시선은 신록의 계절을 맞아 아침 햇살에 반짝이는 녹차나무의 연둣빛 새순에 꽂혀 있습니다.

녹차의 본향 하동에서는 곡우(穀雨)가 가까운 4월 중순에 찻잎 따기가 시작되어 한 달가량 이어집니다. 봄의 정령이 새벽이슬 머금으러 연둣빛 찻잎에 내려앉는다는 계절이 바로 이 무렵입니다.

녹차(작설차)는 곡우 전후에 딴 첫물차를 우전(雨前)이라 부르고, 뒤이어 대략 열흘 간격으로 딴 잎으로 만드는 차를 각각 세작(細雀), 중작(中雀), 대작(大雀)으로 구분합니다. 흔히들 녹차 하면 우전을 최고로 칩니다만, 그러한 평가는 겨울을 이기고 돋아난 새순 첫물차를 마시며 봄기운을 빨리 맞이하고 싶은 조바심으로 윤색된 부분이 없지 않습니다. 향은 좋지만 맛이 깊지 못하다는 의견도 있고요. 녹차를 사랑하는 사람들 가운데는 그보다 조금 늦은 5월 초에 딴 차를 더 높게 치는 사람이 많습니다.

집 주변에는 제법 너른 녹차밭이 있습니다. 한 300평 남짓 될까요. 처음 땅을 보러왔을 때 가장 먼저 눈에 들어온 곳이기도 한데요. 여러 해 동안 가꾸지 않아 지금은 아주 야생으로 돌아간 차밭입니다. 차나무 키의 높낮이는 물론이고 자라는 곳도 자세도 제멋대로여서 언뜻 보면 키 작은 관목들이 무성한 야산 언덕배기 같아 보입니다.

이런저런 모임과 행사로 번다한 5월 초, 그 속진(俗塵)을 멀리한 채 차밭에서 찻잎을 땁니다. 몇 년 전에 스님 따라 찻잎 따고 덖어 차를 만들어보기도 했지만, 여전히 익숙지 않은 손놀림이라 꼬박 이틀을 땄는데도

48

1.5kg이 조금 더 될 뿐입니다.

차 명인 스님의 지도를 받아가며 찻잎을 이틀 정도 그늘에서 시들킨 다음 진이 나올 정도로 손으로 치대고 비비고 유념●하여 발효 과정을 거칩니다. 그런 뒤 온열판이 설치되어 있는 컨테이너 바닥에 넣어 하룻밤 동안 바싹거릴 정도로 말리면 차 만들기가 끝나는데요. 발효 강도와 시간을 어떻게 조절하느냐에 따라 맛도 향도 달라지게 됩니다.

초파일이 가까워 등도 달 겸 원각사에 가서 주지 스님께 차 품평을 청하니 격려 차원의 덕담인지 아무튼 훌륭하다면서 숙성을 시키면 맛이 더 좋아질 거라고 하십니다. 덕담이라 해도 과분하고 정말 맛이 그렇다면 더 바랄 것이 없겠지요.

오늘은 한국전력 위탁업체에서 전신주 두 개를 박고 전선을 연결하고 갔습니다. 이제 계량기만 달면 전기 인입 작업이 끝납니다.

오후에는 건축설계사가 방문하여 집 사용승인(준공) 신청 서류에 첨부한다며 건물 내 · 외부 이곳저곳의 사진을 찍은 뒤 건물 번호판을 달아주고 갔습니다. '입석길 90-○○○'. 앞으로 이 주소로 사람들이 찾아오고 편지와 택배가 배달될 것입니다. 집주인 이름보다 더 익숙한 식별번호가 하나 더 추가되는 것이지요. 인터넷 검색창에도 뜹니다.

● 유념(rolling)은 바닥에 천을 깔고 공을 굴리듯 찻잎을 굴려 비비는 일입니다. 이로써 찻잎과 잎맥에 작은 상처를 주어 차가 잘 우러나도록 하는 것입니다. 한자로는 '揉捻'인데 '주무르고 비튼다'는 뜻입니다.

집 주변에는 제법 너른 녹차밭이 있습니다. 익숙지 않은 손놀림이지만 부지런히
찻잎을 땁니다. 사진은 찻잎을 컨테이너 바닥에 널어 말리는 모습입니다.

모종 심고 더덕씨 뿌리고

2021년 5월 31일

6월이 가까워지니 풀 자라는 속도가 빨라집니다. 귀촌 생활의 성패는 풀과의 전쟁에 달려있다는 말이 있을 정도로 풀 관리는 많은 에너지와 시간을 요구합니다. 제초제를 뿌리지 않는 한, 호미와 손으로 뽑거나 낫이나 예초기로 베는 것 외에 다른 방법이 있을 수 없으니 더 그렇겠지요.

오늘 처음으로 예초기로 풀을 벴습니다. 예초기 사용 방법에 대해서는 예초기 살 때 이것저것 들었으나 그때뿐, 막상 해보려니 시동 거는 것조차 여의치 않았고요. 엔진 강약을 조절하는 것은 물론이고 날과 지면 사이의 적당한 간격 유지 등 어느 것 하나 제대로 되는 게 없었습니다. 조작하는 손놀림과 자세가 영 불안불안했지만, 어쨌거나 풀은 베야 하니…, 적지 않은 시행착오를 거치며 날을 하나 망가뜨린 뒤에야 매실밭과 대봉감나무 주변 풀을 얼치기로나마 정리할 수 있었습니다.

날짜 뒷자리가 2, 7인 날은 하동장이 서는 날입니다. 딱히 살 것이 없어도 장 구경도 할 겸 종종 장 나들이에 나서곤 합니다. 이 무렵이 고구마 줄기(모종) 심을 때라 27일 장날 고구마 줄기 묶음 한 단을 사 왔습니다. 가지 고추 토마토 등 다른 모종도 샀고요. 마침 새벽에 한차례 비가 왔으니 자리 잡고 뿌리내리는 데 큰 도움이 될 것이라 기대하며 정성을 다해 모종을 심었습니다.

그 기대와는 달리 다음 날부터 햇볕이 쩅쩅 나 계속 물뿌리개로 물을 주고 있습니다. 고추 고구마 한 포기 살리고 키우기가 이렇게 힘이 듭니다.

한편으로 더덕씨를 땅의 경계선을 따라 이곳저곳에 뿌렸습니다. 더덕은 발아율이 그다지 높지 않다고 해서 넉넉하게 한 홉 정도 뿌렸는데요. 1% 아니 0.1%만 싹을 틔워 자라준대도 수백 뿌리가 될 터이니, 그것만으로도 넘치는 양일 것입니다.

어제는 계곡 건너편 대밭에 가서 죽순을 캤습니다. 하루 이틀 전에 누가, 아마도 멧돼지가 훑고 지나간 듯했지만, 다행히 녀석들이 손대지 않은 것이 얼마간 남아 있어 한 자루쯤 수확할 수 있었습니다. 죽순은 식탁에 오르기까지 손이 많이 갑니다. 가마솥에 두어 시간 푹 삶은 뒤 아린 맛을 없애기 위해 껍질을 벗기고 찬물에 하룻밤 담가 우려내야 하거든요.

그렇듯 어느 것 하나 시간을 들이고 정성을 다하지 않으면 열리지 않는 것이 자연의 문임을 깨닫습니다. 그 깨달음이 하나씩 쌓이고 체화(體化)될 때 우리는 한 걸음 더 자연 속으로 들어가는 것이겠지요.

처음으로 택배가 도착했습니다

2021년 6월 2일

집 주소가 생긴 후 처음으로 택배가 도착했습니다. 매실청을 담그기 위해 주문한 유기농 비정제 설탕인데요. 택배기사가 새로 생긴 배송지 찾아 올라오느라 힘들었다며 짜증을 내길래 얼른 냉장고에 있는 캔커피를 대령하고 수고를 상찬했습니다. 전국 어디서든 이곳 산골짜기까지 하루 이틀에 배송되는 택배! 정말 대단하고 놀라운 시스템임에 틀림없지만, 외진 곳에 집을 지은 것이 결과적으로 많은 이들에게 수고로움을 더하고 있다는 사실에 잠시 마음이 흐트러집니다. 한편으로 지금도 적지 않은 나이인데, 더 나이 먹으면 위급한 일들이 발생할 가능성은 높아질 테고 그럴 때 119 출동은 제때 가능할 것이며, 또 악천후 때 불가피한 외출이나 병원 가는 일은 어떻게 할 것인가 등등 산골 오지의 삶이 직면해야 하는 이런저런 상황이 연상될 때면 우울감에 빠지기도 합니다만, 그 또한 내가 살아가야할 삶일 것입니다.

드디어 집의 사용승인이 떨어졌습니다

2021년 6월 28일

찻잎 따고 텃밭 가꾸는 사이에 5월은 진작에 가버렸고 이제 6월이 가고 있습니다.

그 쏜살같이 흘러가는 시간 속에서도 자연은 무심한 듯 유심하여 생명을 품고 키워내는 일에 한 치의 소홀함이 없습니다. 작물이 나고 자라는 생장(生長)의 질서 또한 그러하여, 4월 초에 씨 넣었던 옥수수가 꽃대를 피워 올리고 5월 말에 줄기를 한두 마디씩 잘라 심은 고구마 모종에서도 새 잎과 줄기가 돋아나기 시작합니다.

6월 초순에는 집 앞의 매실밭에서 매실을 따 청(淸)을 담갔습니다. 그동안 관리되지 않아 야생으로 돌아간 매실밭의 매실은 씨알이 자잘할 수밖에 없지요? 장아찌 담는 일은 씨 발라내는 게 너무 번거로울 것 같아 진작 포기했고, 대신 향이 진하고 좋으니 청이나 넉넉히 담아보자는 생각이었는데 때맞추어 실행에 옮긴 것입니다. 매실 50kg에 태국산 유기농 비정제 설탕을 1.1:1 비율로 섞어 넣고 잘되기를 바라는 마음도 함께 버무려 담았습니다. 제법 넉넉한 분량이니 이곳에 오는 지인들과 나누기에 그다지 부족하지 않을 듯싶습니다.

장마가 늦어지면서 텃밭의 고구마는 열심히 물을 주는데도 쏟아지는 뜨거운 햇살을 이기지 못해 많은 녀석들이 말라 죽었고 그 빈자리가 자꾸 눈에 밟혔습니다. 보식할 날을 챙겨보다가 마침 비가 예보된 날이 구례 장날이어서 이때다 하고 줄기 모종을 사다 죽은 자리에 채워 심고 좀 남길래 한 골을 더 만들어 심었습니다.

조금은 한가한 듯싶었던 6월이 매실 따 청 담그고 텃밭 작물 물 주다 보니 어느덧 월말입니다.

그렇게 지나간 나날을 되돌아볼 때마다 느끼는 것은 이곳 생활을 하면서 날짜와 요일에 둔감해지는 반면 낮밤의 길이와 날씨를 챙겨보는 시간이 늘어나고 있는 점입니다. 때늦은 장마가 올라오고 있다는 소릴 듣고서야 비로소 계절이 여름의 중심인 6월 하순에 와 있음을 깨닫는 것도 그렇습니다.

시작이 있으면 끝도 있기 마련일까요. 이제 끝나나 저제 끝나나 속 끓이며 애태우던 집 공사가 마무리되어 사용승인 절차를 밟기 시작한 지 여러 날이 되었는데, 드디어 집의 '사용승인'이 떨어졌습니다. 지난해 10월 초에 공사가 시작되었으니 9개월의 장정이 비로소 끝난 것입니다. 때맞추어 택배로 배송된 동래산성막걸리로 자축했습니다.

거친 산촌 생활에도 조금씩 윤기가 돌고

2021년 7월 21일

짧은 장마가 끝나자 본격적으로 찜통더위가 시작되고 있습니다.

오늘이 중복이고 내일은 절기상으로 제일 덥다는 대서(大暑)입니다. 30년 만에 찾아온 짧은 장마였지만, 그래도 비는 올 만큼 왔는지 계곡 물소리가 우렁찹니다.

귀촌 첫해이다 보니 이것저것이 다 새롭고 제때 챙기지 못하는 일들이 많습니다. 그중 하나가 감나무 방제입니다. 집 주변에 덩치가 있는 대봉감나무가 여덟 그루 있는데요, 대봉감도 때맞추어 농약을 치지 않으면 남아나는 게 없다고 하니 가을에 감을 따고 싶으면 방제는 선택이 아닌 필수 사항입니다. 인간이 뭇 생명들과 함께 살아가기를 거부하는 지금의 방제 시스템이 불편하면서도 결국 따를 수밖에 없는 게 우리 농업의 현주소입니다. 두어 달 전 방제 문제를 고민하다 일단 첫해이니 아래 마을의 감 농사짓는 분에게 부탁해보는 쪽으로 방향을 잡았는데 그렇게 성사가 되었습니다. 지난

주말에 그분이 와서 방제약을 쳤습니다. 이번이 세 번째인데, 앞으로 8월 초에 잎 떨어지지 않게 하는 약을 한 번 더 치면 끝난다고 합니다.

석 달 전쯤 호박 구덩이를 파고 씨를 넣었다는 얘기는 앞에서 하지 않았던가요? 오늘 처음으로 풋호박 두 개와 누른 끼가 도는 중간 크기 호박을 하나 땄습니다. 얼마나 이쁘던지요. 풋호박은 볶아 먹을 요량으로 호박잎에 싸서 냉장고에 넣어두고 중간 크기는 얇게 썰어 자글자글한 햇볕에 널었더니 하루 만에 꾸덕꾸덕해지는군요. 내일 하루 더 말려 냉동실에 보관하면 되겠다 싶습니다. 시간이 흐르면서 이런 일들이 하나둘 일상 속으로 들어오니 거칠기 짝이 없던 산촌 생활에도 조금씩 윤기가 돌고 마음도 덩달아 여유로워집니다.

어제는 생각지 못했던 행운이 찾아왔습니다. 산림청에서 임업인(임업경영체)에게 지급하는 바우처(30만 원)가 카드 계정에 입금되었다고 알려온 것입니다. 주니 받긴 받았습니다만, 대한민국에 참 공돈이 많다는 생각에 마음이 개운하지만은 않습니다.

오후에 하동읍에 나가 건물 보존등기 절차를 밟았습니다. 군청에 가서 취득세 농어촌특별세 지방교육세 고지서를 발부 받아 납부하고, 그 영수증과 건축물대장 등 부속 서류를 등기소에 접수시키니 삼사 일 걸린다고 하는군요. 이로써 집과 관련된 모든 행정 절차가 끝났습니다.

이 집에는 창이 많습니다

2021년 8월 4일

악양에 집 지었다니까 주변에서 이것저것 물어오는 이들이 제법 있습니다. 견학(?) 차 들르는 분들도 계시고요.

어떤 용도의 집이든 공간 구조의 아름다움과 편안함은 건축의 핵심 가치라고 할 수 있습니다. 일상생활 공간으로서 많은 시간을 가족과 함께하는 살림집은 특히 더 그렇겠지요. 문제는 그 가치 기준이 주관적인 데다 관점의 스펙트럼이 넓어 보편적인 평가 잣대를 설정하기가 어려울 수밖에 없다는 것입니다. 내가 잘 아는 건축가 가운데는 의도적으로 그로테스크(grotesque)와 불편함을 추구하는 이도 있으니까요.

악양 집을 지을 때도 큰 틀에서는 당연히 아름다움과 편안함은 기본으로 하되 또 다른 관점에서 나름 고심한 사항은 두 가지였습니다. 하나는 집의 분위기와 느낌은 '단순하고 거칠게(simple and wild)' 가져가는 것이고, 다른 하나는 집과 사람이 주변 풍광과 교감하고 자연과 더불어 호흡하는 공간이 되게 하는 것이었습니다. 그 가운데서도 특히 잠자는 시간을 빼고는 대부분의 시간을 보낼 식탁 겸 다용도 작업 테이블이 위치하는 거실과 1.5층 구조의 다락을 그런 경로 또는 공간으로 설정하고 싶었습니다.

건축가는 차경(借景)●의 공간을 제안했습니다. 창이나 문을 통해 자연과 소통하고 교감하는 차원에서 한 단계 나아가 집 내부에 외부(자연) 공간을 조성하자는 것이었습니다. 그러나 자연을 끌어들이기 위해 집 안에 별도의 공간을 만든다는 것이 오히려 작위적이고 인공적인 일로 여겨졌습니다. 결국 나는 그 작위적이고 인공적인 공간 설정을 거부하고 창(窓)을 선택했습니다.

그러다보니 이 집에는 창이 많습니다. 대부분 그림 액자 같은 붙박이창이고 큰 편입니다. 다행히 요즘은 단열이 잘 되는 창틀과 유리가 나와 있고 비용도 많이 저렴해진 덕분이었지요. 결과적으로 거실과 다락은 물론이고 집 안 어디서나 바깥을 훤하게 내다볼 수 있어 주변 자연과 함께한다는 강한 느낌을 받습니다.

반면 아쉽고 눈에 거슬리는 부분도 많습니다. 창의 크기와 높낮이, 가로세로 비율 등과 같은 디테일에서 특히 그렇습니다. "악마는 디테일에 (숨어) 있다"는 말이 지금처럼 절실하게 다가올 줄 몰랐습니다. 그 말이 아니더라도 좀 더 많은 시간을 갖고 섬세한 접근을 했더라면 어땠을까 하는 생각도 해보지만, 다 지난 일이고 의미 없는 반성입니다. 어떻게 하더라도 생전 처음 집을 지어보는 건축주가 그 모두를 아우를 수 있는 기적은 일어나지 않는 법이니까요.

● 조경에서 외부의 뛰어난 자연 경관을 정원의 재료 또는 배경 요소로 끌어들이는 것을 말하는데, 나중에는 정원 조경의 차원을 넘어 자연 경관을 집 안으로 끌어들이는 건축 개념으로 확장되었습니다. 일찍 일본에서 유행했고 우리나라에서도 많이 볼 수 있습니다. 건물 내부에 유리로 빛이 드는 공간을 구성하고 그 공간에 나무를 심는다든지 하여 소규모 정원을 조성하는 것도 일종의 차경 공간의 예라고 할 수 있습니다.

"다 제 눈에 안경일 뿐"

2021년 8월 17일

한차례 비가 지나간 뒤 하늘은 더없이 맑고 푸릅니다.

지리산 형제봉 자락에 집 짓고 최소한의 형식을 갖춘 삶을 시작한 지 석 달이 지나고 있습니다. 터 파고 기초 콘크리트 작업을 준비할 때가 지난해 이맘때였으니, 이곳에서 네 계절을 보낸 셈입니다. 좀 더 살아봐야 알겠지만, 이곳은 한겨울에도 양명하여 따뜻한 기운이 가득하고, 사계절 변화가 뚜렷하면서도 각각의 넉넉한 아름다움을 품고 있었습니다. 추위를 타는 내겐 따뜻한 겨울 한 철만으로도 다른 부족함을 채워주기에 충분한 곳이니 무얼 더 바라겠습니까.

며칠 전 강화도에 전원주택을 준비하고 있는 지인 부부가 악양 집을 방문했습니다. 주변 풍광이 너무 좋다는 찬사에다 집 구조의 단순함과 열린

우리 삶이 그렇듯 건축은 되돌릴 수 없는 과정입니다. 머릿속에 그렸던 공간이 생각과 다른 모습으로
실체화될 때는 아쉬움을 넘어 고통으로 다가오고 되돌아갈 수 없음에 절망하기도 합니다.

공간감을 벤치마크하고 싶다는 덕담(?)을 하길래 "다 제 눈에 안경일 뿐"이라고 화답(?)했습니다. 밤이 깊도록 집 짓는 일과 관련된 이런저런 이야기를 나누었고, 자연스레 지난 1년을 회상하며 집 짓는 일의 의미와 그 고단함을 풀어놓는 넋두리가 길게 이어졌습니다.

돌아보건대 집 지을 땅을 마련하기까지는 꿈에 부풀어 꿈을 좇는 시간이었다면, 건축은 절절한 현실이었습니다. 시공자와의 불협화음은 도처에 깔린 지뢰와 같았고, 한정된 예산은 꿈을 깨고 현실을 돌아보게 하는 각성제였습니다. 우리 삶이 그렇듯 건축은 되돌릴 수 없는 과정입니다. 머릿속에 그렸던 공간이 생각과 다른 모습으로 실체화될 때는 아쉬움을 넘어 고통으로 다가오고 되돌아갈 수 없음에 절망하기도 합니다. 그럼에도 생각이 설계도가 되고, 설계도가 입체적 구조물이 되어가는 과정은 충분히 흥미롭고 신비로웠습니다.

이런저런 사연을 남기며 집은 지어졌고 이곳은 새로운 삶의 공간이 되었습니다. 땅 구입에서 준공까지 2년 남짓, 실제 건축에는 아홉 달가량 걸린 여정이었습니다. 각 단계 하나하나가 지금까지 경험해보지 못한 새로운 세계로 들어가는 문이었고, 그 어느 것 하나 쉽게 열리지 않았습니다. 아쉬움과 고통이 함께하는 시간의 연속이었습니다. 어지간해서는 늘지도 줄지도 않는 몸무게가 지난 반년 동안에 5kg이나 줄었으니까요.

주변 지인들이 고생했다며 덕담을 건네고, 한편에서는 그 무모함을 부러워하기도 하지만, 지금 이 순간 특별히 기억하고 싶다거나 의미를 두고 싶은 것은 얼른 떠오르지 않습니다. 시간이 흐르면서 추억되고 정리되겠지요. 다만 하나 지인 부부에게 꼭 하고 싶었던 말은 "세상사 뜻대로 안 되는 일이 한두 가지일 리 없지만, 집 짓는 일은 반드시 그 속에 포함되어야 한다"는 것입니다.

분명 멧돼지의 소행일 텐데요

2021년 8월 23일

더위의 끝이라는 말복이 지난 지 여러 날 되었고 오늘이 처서입니다. 더위가 한풀 꺾일 때도 되었는데 늦더위의 기승이 만만찮습니다.

그렇다고 변화가 없는 것은 아닙니다. 이곳은 산자락인 데다 계곡까지 끼고 있어서 그렇기도 하겠지만, 몸에 와 닿는 새벽녘 공기의 감촉이 이전과는 사뭇 다른 걸 보면 계절은 분명 가을을 향해 가고 있는 거지요?

생각지도 못했던 일이 하나 벌어졌습니다. 일주일 전입니다. 아침에 일어나 텃밭에 나가보니 제 눈을 의심케 하는 광경이 펼쳐져 있었습니다. 분명 멧돼지의 소행일 텐데요. 고구마 줄기와 옥수숫대가 난장판이 되어 어질러져 있는 게 아니겠습니까. 고구마는 이제 겨우 뿌리가 들기 시작할 참이었으니 그렇다 하더라도 옥수수는 바로 쪄 먹을 만큼 알이 실하게 든 상태였는데…. 기가 막혔습니다. 야생동물이 저지르는 농작물 피해 사례는 종종 들어보긴 했어도, 막상 그 현장이 내 텃밭이 되고 보니 말이 안 나오고, 그동안 쏟은 정성을 생각하니 억울하고 분하다는 생각마저 들었습니다.

한동안 망연자실한 채 정신 줄 놓고 있다가 죽은 자식 뭐 만지듯 널브러진 옥수숫대를 하나씩 들춰 가며 남겨진 옥수수 너댓 개를 겨우 챙겼습니다. 일은 이미 벌어져 되돌릴 수 있는 상황이 아니니 무슨 대책을 마련할 수도, 할 필요도 없었습니다. 지금까지 가슴앓이가 계속되고 있지만, 어쩌겠습니까. 이 또한 자연 질서의 한 부분이자 뭇 생명들이 살아가는 모습이라 생각하고 받아들여야 하겠지요.

오늘은 코로나 백신 2차 접종 예약일이어서 하동읍에 나가 접종 받았습니다. 그리고는 종묘상 앞에서 얼마 전 멧돼지 떼의 분탕질로 폐허가 된 텃밭을 떠올리며 잠시 망설이다 어쨌든 가을 무 배추는 파종기에 맞추어 씨를 넣고 모종을 심어야 할 것 같아 무 씨앗과 배추 모종을 사 왔습니다.

3 지리산 둘레길

걷다 보면 언젠가 출발점으로 되돌아오는 길,
시작도 끝도 없는 길이 바로 지리산
둘레길입니다. 화엄의 세계로 가는
"행행도처 지지발처(行行到處 至至發處)"의
길일지도 모릅니다. "걸어도 걸어도 그 자리,
가도 가도 떠난 자리"입니다.

– 2021년 9월 29일

꽃무릇이 피었습니다

2021년 9월 6일

가을장마가 근 2주째 이어지고 있습니다.

높은 습도에다 늦더위의 뒤끝이 길어지다 보니 몸도 마음도 더 눅눅해지고 가라앉는 느낌입니다. 그 무거운 분위기를 벗어나는 데 도움이 될까 해서 잠시 비가 그치거나 해 나면 산책을 나갑니다.

이곳은 주변이 다 과수원이거나 임도가 있는 야산이어서 장화 신고 걷는 데 큰 어려움이 없습니다. 산책할 때 어느 길로 갈지는 즉흥적으로 정해지고 어떤 때는 길 없는 곳을 발 닿는 대로 걷기도 합니다. 집 옆 계곡을 건너고 대나무 숲을 가로지르면 바로 만나는 '지리산 둘레길'은 즐겨 걷는 단골 코스입니다. 둘레길 따라 잠시 걷다가 산속 오솔길로 빠져 방황(?)하기도 하고 마음이 내키면 한 시간가량 걸리는 서어나무 군락지까지 갔다 올 때도 있습니다. 새로 피어나는 야생화를 관찰하거나, 둘레길 걷는 사람들과 인사하고 그들의 얘기를 듣다 보면 한 시간이 훨씬 더 걸릴 때도 있습니다.

산책길에서 내려다보이는 악양 들판은 가을 기운이 완연합니다. 내일이 백로이고 곧 추분이니 계절은 그렇게 어그러짐 없이 순환하는 것이겠지요. 늘 보는 풍경인데도 오늘따라 저 멀리 아스라이 흘러가는 섬진강이 유장하고, 악양 땅을 말발굽 형세로 둘러싸고 있는 산줄기와 그 위에 살짝 내려앉은 가을빛 산색이 선명하여 한참 동안 눈에 담았습니다.

오늘은 정서마을 쪽으로 넘어가는 길목에서 대봉감밭 풀 벤 뒤 감나무 감고 올라가는 잡초 덩굴을 걷어내고 있는 아랫마을 분을 만났습니다. 70대 중반인데도 경사지 감나무밭 약 치고 풀 베는 일을 혼자서도 거뜬히 하는 분입니다. 가을장마가 길어지면서 햇살을 받지 못해 떨어지는 감이 너무 많다고 아쉬워하는 그 분의 말에 일순간 가슴이 답답해집니다. 감나무 밑에 어지러이 떨어져 물러지고 있는 풋감들을 보며 오롯이 자연에 순응하

가을로 접어들 무렵이면 길섶 여기저기에 꽃무릇이 핍니다.

는 농부들의 마음을 제대로 읽을 수 있는 날이 오기를 빌었습니다.

　돌아오는 길섶 여기저기에 꽃무릇이 피었습니다. 가을장마가 이어지는 가운데서도 계절은 이만치 와 있구나 싶었습니다.

재선충 감염에는 백약이 무효라고 하나

2021년 9월 15일

집 옆 계곡 건너편에는 울창한 대나무 숲이 자리하고 있습니다.

　대형 액자 창에 담겨 집 안으로 쏟아지듯 펼쳐지는 대나무 숲은 언제 보아도 청신한 기운이 가득하고, 바람 불면 흔들리는 풍죽(風竹)이 되다가 비 오면 축 늘어져 우죽(雨竹)이 되는 이곳의 제1경입니다.

　화룡점정(畵龍點睛) 격인 듯 그 울창한 대나무 숲속에 우람한 소나무 두 그루가 있습니다. 어른 팔로 두 아름 가까이 되니 200년은 훨씬 더 되고 얼추 300년 가까이 되었지 않을까 싶습니다. 얼마 전에 다녀간 L화백이 연신 "송죽(松竹)! 죽송(竹松)!" 하고 감탄사를 쏟아내던 풍경의 중심에 있는 바로 그 소나무입니다.

　그런데 그 소나무 가운데 한 그루가 시름시름 말라가고 있습니다. 봄 무렵 약간 누런 끼가 보일 때만 하더라도 대나무의 왕성한 번식력에 치여 그런가보다 했는데, 요즘은 병색이 완연히 짙어진 듯하여 걱정이 태산입니다. 나무를 잘 아는 지인에게 사진 찍어 보냈더니 소나무 재선충에 감염된 것 같다고 하는군요. 재선충 감염에는 백약이 무효라고 하나 그래도 무슨 방법이 있지 않을까요?

　300년 가까이 저 언덕을 지켜온 한 생명이 흙으로 돌아갈 날을 기다리는 모습이 눈에 들어올 때마다 애가 타서 죽을 지경입니다.

지리산 둘레길

집 옆으로 흐르는 계곡을 건너고 대나무 숲을 가로지르면 바로 지리산 둘레길입니다.

하동군 악양면 대축마을과 화개면 원부춘마을을 연결하는 8.5km 구간의 중간쯤 되는 지점인데요. 대축마을에서 악양천 뚝방을 따라 걷거나 평사리 들판을 가로질러 동정호를 지나면 입석마을에 닿고 거기서 원부춘마을로 넘어가는 윗재까지는 경사가 제법 있는 오르막길이 쭉 이어집니다.

대나무 숲을 끼고 있는 둘레길 옆에 아름드리 서어나무가 몇 그루 있고, 그 밑에는 쉼터가 마련되어 있습니다. 한가한 날이면 쉼터 평상에 앉아 책도 보고, 둘레길을 걷다 쉬어가는 이들과 말동무 되어 이런저런 이야기도 나누곤 합니다.

느지막한 오후, 무료한 시간 보내기엔 집보다 나을 것 같아 둘레길 쉼터에 나갔습니다. 평상에 누워, 사람들은 무슨 생각을 하며 저 둘레길을 걷고, 어떤 느낌을 받아 갈까?, 이런저런 생각에 빠져있을 때 중년 여성 분이 오르막길을 가쁜 숨을 몰아쉬며 걸어 올라와 한숨 돌리고 가야겠다며 맞은편 벤치에 앉길래 인사를 나누었습니다. 잠시 주고받은 일상적인 대화였음에도 그분의 목소리에는 물기가 묻어 있었고 간간이 한숨도 섞여 나왔습니다. 사연 없는 삶이 어디 있겠습니까만, 그분과 나눈 대화 때문인지 왠지 오늘은 마음이 스산하고 지금껏 보아왔던 둘레길 걷는 사람들의 여러 모습이 눈앞에서 계속 겹쳐집니다.

지리산 둘레길에는 여러 느낌이 중첩되어 있습니다. 똑 부러지게 정의되지 않는, 에둘러 표현하면 '다의적(多義的) 애매함'이라 할 수 있을까요. 그 길을 걷는 사람들의 표정에서도 마음에서도 그런 느낌이 묻어납니다. 지리산 둘레길은 산티아고나 구마노고도(熊野古道)처럼 종교적 순례길도 아니고 제주 올레길처럼 마실길도 아닙니다. 화엄사나 쌍계사 같은 유명 절집 다 피해가고 곳곳에 숨어있는 현대사의 현장도 피해가니 문화 역사 탐방길도 아닙니다. 그곳에 길이 있어 그 길 따라 걷는 길입니다. 굳이 이름 붙이면 나무 풀꽃 보며 걷는 '생태길'이라고 할 수도 있을 법한데요. 아니면 마을과 마을을 이어주는 '교류와 소통의 길', 또는 그냥 땀 흘리며 걷는 등산길이라 해도 좋고요.

걷다 보면 언젠가 출발점으로 되돌아오는 길, 시작도 끝도 없는 길이 바로 지리산 둘레길입니다. 화엄의 세계로 가는 "행행도처 지지발처(行行到處 至至發處)"●의 길일지도 모릅니다. "걸어도 걸어도 그 자리, 가도 가도 떠난 자리"입니다. 출발한 곳이 끝나는 곳이고 끝나는 곳이 출발하는 곳이니 그건 바로 경계가 없는 무애(無碍)의 길, 자유의 길일 것입니다.

그 속으로 들어가면 인간의 손을 타지 않은 자연과 생태가 있고, 벗어나면 지리산의 아름다운 풍광이 펼쳐집니다. 지리산에 기대어 살아간, 살아가는 사람들의 이야기가 있습니다. 그리하여 지리산 둘레길은 지리산의 넉넉함을, 그 속의 자연과 인간의 삶을 담아내는 또 하나의 살아있는 생명공간이 되어갑니다.

오늘도 사람들은 그 길의 매력, 아니 그 마력에 홀려 지리산 둘레길을 걷고 있습니다.●●

● 의상 스님이 방대한 〈화엄경〉을 압축하여 7언 30구 210자로 된 〈화엄일승법계도(華嚴一乘法界圖)〉를 지은 후에 이를 다시 "행행도처 지지발처(行行到處 至至發處)" 여덟 자로 요약했습니다. 210자를 일승법계도(海印圖)라는 미로 같은 도장에 배열하면 출발한 곳이 끝나는 곳이고, 끝나는 곳이 출발하는 곳이 되니, "걸어도 걸어도 그 자리, 가도 가도 떠난 자리"라는 것입니다.

●● 지리산 둘레길은 2008년 전북 남원 주천에서 경남 함양을 거쳐 산청 초입에 이르는 71km 구간이 먼저 개통되었고, 2012년까지 순차적으로 20개 코스 274km의 둘레길이 완성되었습니다. 현재는 지선이 추가되어 5개 시군, 20개 읍면, 100여 마을을 지나는 21개 코스 295km에 이릅니다.

섬진강 물색에도 가을빛이 섞여들고

2021년 10월 23일

계절의 순환은 어그러짐이 없어 때가 되니 섬진강 물색에도 가을빛이 섞여들고 있습니다.

이곳에 집 짓고 맞는 첫 가을. 오늘따라 하늘은 높고 푸르고, 그 하늘 속으로 솟아있는 형제봉의 가을색이 별나게 아름답습니다.

서리가 내린다는 상강(霜降)입니다. 절기 이름값을 하듯 살짝 서리가 내렸고 새벽녘 공기에서는 제법 냉기가 느껴집니다. 뉴스에서 '가을 한파' 어쩌고저쩌고 하지만, 이 정도 날씨를 두고 한파라면 그들의 언어 감각에 문제가 있는 것 아닌가요?

혹여 밤새 냉기로 텃밭 작물이 어찌 되었는지 걱정되어 보러 가니, 그들은 웬 걱정이냐며 싱싱한 자태를 뽐내며 주인을 맞는군요. 집 주변 대봉감 나무들을 둘러보다 나무 밑에 떨어진 홍시 하나 주워 먹습니다. 남들은 네 번 다섯 번 친다는 농약을 세 번만 친 탓인지 달려있는 감이 눈으로도 셀 수 있을 정도인데 그 가운데 또 하나가 떨어진 것이지요.

작대기 집어 들고 장화 신은 채로 산책에 나섭니다. 이 풍요로운 계절 앞에서는 몸도 어쩔 수 없는지 저절로 발걸음은 지리산 둘레길로 들어서고 있습니다.

집에서 대나무 숲을 가로지르면 바로 지리산 둘레길이니…. 이는 분명 덤으로 주어진 복임에 틀림없겠지요. 집에서 화개면 원부춘으로 넘어가는 윗재까지는 중상 수준의 오르막길 1.3km. 쉬지 않고 걸으면 45분가량 걸리니 사실 산책길이라고 하기는 어렵습니다. 그래도 중간에 귀태 가득한 서어나무 군락지를 보는 것만으로도 눈이 시원해지니, 그 힘듦을 기꺼이 받아들일 뿐입니다.

오늘은 윗재에서 발걸음을 돌리지만, 언젠가 때가 되면 형제봉을 거쳐 회남재 구재봉에 이르는 능선 길을 타거나, 저 멀리 화개 쌍계사로도 발걸음이 이어지길 소망해봅니다. 연약하다고 하지는 않겠지만, 그렇다고 결코 강하다고도 할 수 없는 이 몸으로 가능할는지요?

마루는 어찌되었을까요?

2021년 11월 5일

병원 갈 일이 있어 보름 가까이 집을 비웠습니다.

특별히 챙겨야 할 일이 없음에도 운전하는 데 몸에 무리가 가지 않을 정도가 되자마자 바로 악양으로 내려왔습니다. 악양에 집 지어 생활한 지 반년이 채 안 되었을 뿐인데 이곳이 마치 오래된 인연처(因緣處)처럼 편안함이 느껴지니…, 나는 이곳의 풍광과 새 거처에 넉넉히 몰입되어 있는 모양입니다.

집에 오니 모든 게 익숙한 듯 자연스럽습니다. 텃밭 작물의 생기도 여전하고요. 창가에 거미 몇 마리가 줄을 치고 있을 뿐. 그러나 한 가지 뭔가 허전함이 있었습니다. 마루가 마중을 나오지 않은 것이었습니다.

'마루'는 집에서 300m가량 산 쪽으로 올라가는 외딴집의 노부부가 기르는 개 두 마리를 구분하지 않고 부르는 이름입니다. 두 녀석은 늘 일심동체로 움직이는지라 굳이 이름 구분하여 부를 필요가 없는 것이겠지요.

마루와의 인연은 이곳에 집 짓기 시작할 무렵 시작되었습니다. 가끔 주변 풍광을 보러 노부부가 사는 산 쪽으로 산책 삼아 올라가다 보면 어김없이 두 녀석이 심하게 짖어대며 경계를 하곤 했었지요. 그렇게 심하게 낯을 가리던 녀석들도 내가 가끔 비스킷 등 군것질거리를 준비하여 다가가 소통을 청하자 조금씩 마음을 열었고 마침내 우리는 친구가 되었습니다.

마루는 목줄도 없이 주변을 돌아다니는, 누가 보면 유기견이라고 할 수 있을 행색이었고 행동반경도 2km는 넉넉히 되는 듯했습니다. 노부부는 연로하셔서 거동도 여의치 않고 언어 소통에도 얼마간 어려움이 있는 분들이었습니다. 그 때문인지 먹이도 제대로 챙겨주지 못하는 듯했고 두 녀석은 주변 이곳저곳으로 돌아다니며 배고픔을 해결하는 모양이었습니다. 그러던 차에 나를 만났고 가끔 먹을거리를 챙겨주는 나에게 마음을 주기 시작했던 것은 아닐까요? 내가 여기 있을 때는 하루에도 몇 번씩 내려와 몸을 부딪고 킹킹거리며 사랑을 표시하곤 했습니다. 집 안에 있으면 창가로 다가와 문안 인사를 했고요.

그런 녀석들이 내가 보름 가까이 출타했다가 돌아왔는데도 코빼기를 보이지 않으니…, 괘씸한 생각이 들어 대충 짐 정리와 집 안 청소를 끝내자마자 노부부의 집으로 올라갔습니다. 집은 비어 있었고 마루도 보이지 않았습니다. 처음에는 두 분이 출타하실 때 데리고 갔구나 생각했습니다. 그러나 다음 날도 그 다음 날도 마루는 나타나지 않았습니다.

그러던 중 가끔 집 쪽으로 산책 오는 아랫마을 분을 만났을 때 마루가 안 보인다고 했더니, 할아버지가 뇌경색으로 쓰러지셔서 중환자실에 계시고 할머니는 병 수발을 해야 하는 형편이라 개장수를 불러 팔아버렸다고 하는 게 아니겠습니까.

며칠째 횅한 마음을 추스르느라 일이 손에 잡히지 않습니다.

지금 마루는 어찌되었을까요?

4 텃밭

한차례 비 내린 뒤 녹차나무 잎은 한층
윤기를 더하고, 연둣빛 새순이 아침 햇살 받아
윤슬처럼 반짝입니다. 비 오는 날 맞추어
텃밭에 채소 모종을 심었습니다.
고추 15, 토마토 15, 가지 6, 오이 6,
여주 2, 그리고 부추 파 몇 뿌리씩.

- 2022년 4월 30일

생명 가꾸기의 즐거움

2021년 11월 11일

귀촌과 전원생활에서 누릴 수 있는 큰 즐거움은 땅에 뿌리내리는 생명을 심고 가꾸는 일일 텐데요. 직접 땅을 일구고 생명을 가꾸다보면 자연 생태에 대한 이해의 폭과 깊이가 더해지고 그리하여 우리 삶이 육체적으로 정신적으로 한층 윤택해집니다. 생명이 움트는 경이로움, 개화와 결실, 흙으로 돌아가는 소멸의 아름다움을 관찰하고 사색함으로써 사람과 자연이 교감하고 합일(合一)에 이르게 합니다.

전원에서 무엇을 심거나 가꾼다고 하면 텃밭 농사를 떠올리는 것이 보통입니다. 그러나 조금 생각의 지평을 넓히면 텃밭 말고도 또 다른 가꿈의 영역이 있음을 알 수 있습니다. 바로 꽃밭 또는 정원입니다. 개인적인 생각이지만 나는 헤르만 헤세의 〈정원 일의 즐거움〉을 읽으면서 생명 가꾸기의 즐거움과 가치로움에 깊이 공감했습니다.

뿌리생명을 가꾼다는 점에서 텃밭과 꽃밭은 본질적으로 다를 바가 없습니다. 그러나 목적과 속성에서는 뚜렷한 차이가 있습니다. 텃밭에는 먹을 것을 심지만, 꽃밭에는 먹지 못하는 것을 심습니다. 텃밭은 생산성을 따지지만, 꽃밭은 아름다움을 따집니다. 텃밭이 식탁을 풍성하게 하는 꽃밭이라면, 꽃밭은 아름다움을 심고 가꾸는 텃밭입니다. 그런 점에서 텃밭은 물질적인 소출을 중시하는 생활공간이라 할 수 있고, 꽃밭은 정신적 풍요로움과 충만을 추구하는 예술공간이라고 할 수 있을까요?

이곳에 귀촌한 이후 생명 가꾸기의 그러한 중의적(重義的) 의미를 화두로 삼고 있지만, 아직은 텃밭 가꾸기의 틀에서 크게 벗어나지 못하고 있습니다. 텃밭의 소출은 식탁을 풍성하게 하지만 꽃밭의 아름다움은 그렇지 않기 때문일지도 모르겠습니다. 그리고 텃밭은 대개 1년을 주기로 비교적 정형화된 형식과 내용을 따르면 되지만, 꽃밭이나 정원 가꾸기는 미감과 공간 구성에 대한 나름 깊은 생각이 있어야 하고 시계(時界 ; time span) 또한 짧게는 수년, 길게는 수십 년을 고려해야 하니 자연히 그 실천이 늦춰질 수밖에 없다는 핑계거리도 있을 테고요.

그런 의미를 핑계 삼아 꽃밭과 정원 가꾸기는 중장기 과제로 남긴 채 봄부터 텃밭을 일구고 적지 않는 작물들을 키워왔습니다. 흔히들 텃밭에 많이 심는 작물이 대부분이지만, 올해는 이곳에 집 짓고 살기 시작한 첫해여서 경험 삼아 시험적으로 심어본 것도 있습니다.

4월 중순 무렵, 매실밭의 늙은 매실나무를 두어 그루 베어낸 자리에다 스무 평 남짓 텃밭을 일구고 상추 열무 쑥갓 토마토 오이 고추 가지 들깨 아욱 근대 당근 여주 등 생각나는 대로 조금씩 다 심었습니다. 멀칭(mulching)●은 하지 않았고요. 여러 해 동안 매실나무 잎이 떨어지고 쌓여 썩은 땅은 기름졌고 따로 거름을 안 했는데도 작황이 좋았습니다. 특히 토마토와 고추 가지 들깨가 잘 자랐고, 물론 당근이나 케일처럼 잘 안된 것도 있었습니다. 제때 물을 주지 않은 탓에 오이 등은 절반가량 말라죽거나 살았다 해도 소출이 거의 없었고요.

식구가 단출하다 보니 부지런히 식탁에 올리고 오는 사람마다 조금씩 챙겨주는데도 그냥 밭에서 버려지는 것이 많았습니다. 장마철과 뒤이은 폭염으로 상추 근대 아욱 쑥갓은 녹아지거나 대궁이 올라오면서 끝을 보았고, 그 자리에 가을 무 배추 씨앗을 넣었습니다. 아, 옥수수와 고구마도 심었군요. 멧돼지가 하룻밤 사이에 옥수수와 고구마 줄기를 초토화시켰다는 얘기는 얼마 전에 했지요?

가을이 깊어가니 텃밭 작물도 조금씩 마감할 때가 다가옵니다.

며칠 전 들깨를 베어 말려 놓았다가 털었더니 한 되 정도 됩니다. 마침 공사 때 썼던 방수포가 있어 깔고 털었는데요, 이것도 가을걷이라면 가을걷이라고 할 수 있을까요?

지금 텃밭에 남아 있는 것은 무와 배추 고추 등입니다. 곧 추위가 닥칩니

전원생활에서 누릴 수 있는 큰 즐거움은 땅에 뿌리내리는 생명을 심고 가꾸는 일일 것입니다.

다. 여기는 산자락인 데다 계곡 바람까지 있어 추위가 빨리 옵니다. 추위가 닥치기 전에 어린 시절 시골에서 아버지가 구덩이를 파고 무 배추를 묻어 두던 장면을 기억해서 그렇게 해볼까 생각 중입니다만…. 제대로 할 수 있을지 나도 궁금합니다.

- 농작물 심을 자리에 두둑을 만들고 이 두둑에 비닐이나 부직포를 씌우는 일을 멀칭 (mulching)이라고 합니다. 잡초가 올라오는 것을 막아주고 온도, 습기 등 농작물 의 생육 환경 조성에도 도움을 줍니다. 그러나 수확이 끝난 뒤 폐비닐 수거가 제대로 되지 않는 현실을 들어 환경 측면에서 문제를 제기하는 사람도 많습니다.

매화 가지 하나 꺾어 다관에 꽂았습니다
2022년 1월 28일

연말연시가 되면 이런저런 모임에다 연례적으로 닥치는 일들을 처리하느라 분주해지기 마련인데요. 산촌 생활에도 엇비슷한 일들이 없지 않아 어찌어찌하는 사이에 해가 바뀌었고 새해를 맞은 지도 벌써 한 달이 다 되어 갑니다.

오랜만에 페이스북의 〈악양 통신〉에 글을 씁니다. 해 가기 전에 서둘러 받은 눈 수술의 회복이 더디어 읽고 쓰는 것이 여의치 않은 데다, 백면서생이 귀촌하여 지금껏 해보지 않던 집 짓는 일과 텃밭 농사에 몸을 혹사했는지 무릎과 손가락 관절염이 심해져 병원 출입이 잦았던 것이 핑계거리라면 핑계거리일 것입니다. 나이 들면 눈보다 관절이 더 중하다는 지인의 말이 적실하게 와닿습니다. 어쨌든 손가락은 그렇다 하더라도 무릎만은 더 나빠지지 않고 지금의 상태라도 유지되었으면 하는 간절한 기대를 가져보지만, 그 또한 어찌 사람 뜻대로 되는 일이겠습니까.

대한 추위의 뒤끝이라 살갗을 파고드는 한기가 매섭습니다. 그래도 입춘이 1주일 앞이니 봄은 멀지 않았습니다.

남녘의 봄은 매화로 시작된다고 하지 않던가요? 그저께는 봄의 전령사인 양 늦겨울비가 한차례 내렸습니다. 땅은 촉촉이 젖었고 매화 꽃몽오리도 많이 부풀어 올랐습니다. 그 속도는 점차 빨라져 2월 중순이면 악양 산골 매화가 꽃망울을 터뜨리기 시작하고, 3월 중순 무렵 만개에 이릅니다.

이곳 집터는 원래 매실밭이었습니다. 일부가 대지로 전환되어 집이 지어졌고, 나머지 땅에는 여전히 덩치 큰 매실나무들이 살고 있습니다. 오랫동안 관리되지 않아 야생으로 돌아간 매실나무에서 3월이 되면 그 가지가지마다 흐드러지게 매화가 만발합니다. 생각지도 않은 야성의 아름다움, 정제되지 않은 거친 매화의 향연이 펼쳐지는 것입니다. 상상만으로도 충분히 흥분되고 기다려지는 순간입니다.

매화는 차가우면서 뜨겁고 수줍으면서 강렬합니다. 외유내강(外柔內剛)의 꽃이라 해도 될까요? 이곳에 처음 땅 보러 왔을 때가 2019년 3월 중순 어느 날이었는데요. 어떤 수식어를 써도 부족할 정도로 매화가 황홀한 자태로 무리 지어 피고 있었습니다. 그 정경이 만개한 벚꽃 분위기 그대로였으니, 한두 가지 차갑게 피어 고고함을 뽐내는 매화의 느낌은 어디에도 없었습니다.

흐드러지게 핀 매화를 보는 순간, "아! 이곳 매화는 벚꽃처럼 피는구나!" 탄식했고, 그 매화에 홀려 이곳을 낙향처로 정하게 됩니다. 그렇게 맺어진 악양 매화와의 인연이 어느덧 3년이 다 되어가고 있습니다.

곧 2월입니다.

2월은 악양 형제봉 산골에 매화가 피는 시간입니다. 아직은 얼마간의 기다림이 더 필요한 때이지만, 그걸 못 참고 하루라도 빨리 꽃을 보고 싶은 조바심에 몽오리 부풀어 오른 매화 가지 하나 꺾어 다관에 꽂았습니다.

대봉감나무 묘목 쉰 그루

2022년 3월 12일

춘분이 앞으로 일주일 남짓, 이곳 형제봉 자락도 하루가 다르게 봄기운으로 짙어가고 있습니다.

아직은 산 쪽에서 내려오는 새벽녘 냉기가 만만찮지만, 그 냉기를 마다하지 않고 초목은 부지런히 움을 틔우기 시작합니다. 서릿발 사이로 채 녹지 않은 땅을 비집고 올라오는 새싹에서 생명의 뜨거운 열기가 뿜어 나오고요.

땅기운과 태양 에너지가 만들어내는 생명의 순환 질서는 아름답고 경이롭습니다. 초목이 나고 자라는 그 경이로움을 조금 더 가까이서 느껴 보고 싶어 했던 로망 때문일까요, 이곳에 귀촌하면서 일차적으로 계획했던 일은 땀 흘리며 작물을 가꾸는 것이었습니다. 텃밭은 기본이고 조그만 꽃밭 같은 정원을 만들고, 집 주변 버려진 땅에 꽃나무와 과실수를 키워보는 것도 그중 하나였습니다. 과실수는 작은 자투리땅이라도 있으면 땅 크기에 맞게 한두 그루씩 심을 수 있는 데다 꽃의 아름다움에 더해 결실의 풍요로움을 맛볼 수 있는 생산적인 생명 키우기입니다.

집 옆으로 계곡을 끼고 돌과 바위, 칡덩굴로 뒤덮인 땅이 있습니다. 집 짓고 남은 자투리땅을 포함해서 그 버려진 땅을 어떻게 해볼까 이런저런 생각을 해온 지는 제법 되었습니다. 게으른 촌부에겐 그냥 그대로 두는 것이 최선일 테고, 그나마 야생화 꽃씨라도 뿌리는 것은 차선일 거라는 생각도 했었고요.

여러 생각 끝에 귀촌하면서 꿈꾸었던 과실수 키워보는 방안이 떠올랐고, 마침내 악양의 명산품 대봉감 묘목을 심는 것으로 귀착됩니다. 대봉감나무가 가지치기나 방제 작업 등 관리가 비교적 수월한 점이 우선적으로 고려되었지만, 유년 시절 감에 얽힌 추억을 회상하며 늦가을 집 주변을 주홍빛 대봉감으로 물들이고 싶은 마음도 없지 않았습니다.

그렇게 생각은 구체화되었지만, 집 짓고 난 뒤 한동안은 뒷정리하느라 바쁘기도 했고, 또 그 무렵은 묘목 심는 철이 아니어서 그 일은 저만치 밀쳐두고 있었습니다. 그러다가 연말 즈음, 집 주변 정돈과 뒷정리가 어느 정도 마무리되면서 묘목 심는 일에 눈을 돌리게 됩니다.

남녘의 과수 묘목 심기는 잎이 지고 난 11월 중순 무렵 시작되어, 1월 혹한기는 피하고, 3월 하순에 끝납니다. 식목일이 있는 4월 초까지도 심지만, 그때는 좀 늦다고들 하지요. 시기적으로 11월 말이나 12월 초순에 심었으면 좋았겠지만, 여의치 않아 해를 넘겨 올 2월 중에 심을 생각으로 연초에 장비를 불러 돌과 바위를 치우고 칡덩굴을 걷어내는 작업을 했습니다. 대략 4m 간격으로 심을 구덩이를 팠고요.

구덩이 간격을 더 넓게 하라는 사람도 있었고 더 좁히라는 의견도 있었습니다. 심은 묘목이 다 살아 성목이 된다고 하면 최소 간격이 5m는 되어야 하지만, 그 전에 일부가 죽을 수도 있고 또 성목이 되기까지 20년 가까이 걸리니 그때 가서 너무 소밀한 듯싶으면 얼마간 베어내도 된다는 의견에 공감했습니다.

지난주에 대봉감나무 묘목 쉰 그루를 심었습니다. 땅이 좀 남아 오늘은 자두 살구 체리 등을 두세 그루씩 추가로 심었고, 피칸과 호두도 두 그루, 다섯 그루 심었습니다.

묘목들이 낯선 환경에 편하게 적응하도록 뿌리를 펴주고 물도 넉넉히 주는 등 나름 정성을 다했으니 이제부터는 땅과 하늘의 보살핌을 간구할 따름입니다. 그 마음이 하늘에 닿았는지 저녁 기상 뉴스에 내일 비가 온다는 예보가 떴습니다.

매화 향기 산을 넘고 강을 건너

2022년 3월 19일

매화가 흐드러지게 피었습니다.
꿀벌 웅웅거리는 소리
귀 기울이다
고개 들어 먼 곳 바라보니
매화 향기 산을 넘고 강을 건너가고 있었습니다.
형제봉 산골 봄소식
바람에 실려 가고 있었습니다.

화원이나 농원 앞을 그냥 지나치지 못합니다

2022년 4월 5일

청명 무렵은 "부지깽이를 꽂아 놓아도 산다"는 말처럼 초목들이 왕성한 생명력을 자랑하는 때입니다. 그 말에 홀렸는지 뭐라도 심고 싶은 충동에 묘목 가게나 화원 농원 앞을 그냥 지나치지 못합니다.

지난주에는 산림조합에서 열고 있는 묘목 장터에서 동백 모란 작약 목수국 영산홍을 사다 심었습니다. 매실밭 중간중간에 빈 데가 좀 있어 신품종인 남고매실 묘목도 몇 그루 심었고요. 그저께도 하동장에 나가 동백 한 그루 사고, 돌아오는 길에 들른 매실농원에서 홍매와 설중매, 꽃잔디를 사 와 심었습니다.

악양에 집 지었다는 소식 들은 지인들이 구근이나 어린 화초를 택배로 보내오기도 합니다. 멀리 가평 설악에서 능소화 뿌리가 왔고, 강원도에서

매화가 피면, 매화 향기가 이곳 악양의 봄소식을 바람에 싣고 산을 넘습니다.

는 금낭화를 비롯해서 여러 화초를 바라바리 싸서 보내 왔습니다. 직접 이곳을 방문하여 기념식수(?)를 하고 가는 분도 있고요.

다른 한편으로 식탁을 풍성하게 할 요량으로 이웃에서 엄나무 몇 뿌리 얻어다 심었고, 새끼 더덕 뿌리도 심었습니다. 더덕은 지난해 씨를 한 홉 정도 뿌렸지만 발아가 안 된 건지 아니면 새들이 다 챙겨 버렸는지 흔적이 없어 올해는 확실하게 결과를 보기 위해 농가에서 새끼손가락 크기로 키운 1년생 뿌리를 사다 심은 것입니다.

오늘은 주변에 지천인 머위와 계곡 가의 야생 돌미나리 무침이 식탁에 올랐습니다. 그 향이 진하고 싱그러워 다른 찬에 젓가락이 가지 않았습니다.

마당 잔디 까는 데 꼬박 사흘

2022년 4월 14일

비 그친 후 옅은 안개 장막 너머의 먼 산에는 산벚꽃이 드문드문 박혀 있고, 봄비 머금은 감나무 가지에 연두색 잎이 돋아나고 있습니다.

시간이 참 빠르게 지나갑니다. 집 짓고 나서 한동안 이것저것 챙길 것이 많았던 탓일까요. 새로운 생활 환경에 적응하느라, 텃밭 가꾸기에다 꽃나무 심고 주변 정리하다 보니 하루가 가고 한 달이 가고 1년이 다 되어 갑니다.

지난 한 주간은 마당이라고 하기는 좀 그렇고 그냥 비워진 집 앞 땅에 잔디 까느라 나름 바쁘고 힘든 시간을 보냈습니다.

촌에 살면서 어떤 형태로든 부딪히는 문제가 빈터나 마당을 어떻게 관리하느냐 하는 것입니다. 편하기는 그냥 시멘트 콘크리트로 깔끔하게 포장하거나 잘게 부순 파쇄석을 까는 것이지만, 그 삭막한 분위기와 한여름의 바닥 열기가 싫다면 잔디를 까는 수밖에 없을 텐데요. 이 경우 잔디와 공생하기 좋아하는 온갖 풀과의 전쟁을 각오하지 않으면 안 됩니다.

주변의 많은 유경험자들이 잔디는 힘들다면서 정 시멘트 포장이 싫다면 박석(薄石)이나 화산암 판돌을 드문드문 깔고 그 틈새를 잔자갈로 채우거나 잔디를 심어 시각적 삭막함도 완화하고 동시에 풀이 자라는 면적을 최소화하는 방안을 권유했습니다. 언뜻 듣기에 괜찮은 것 같다는 생각을 하면서도 한번 도전해보자는 오기로 잔디를 선택했습니다.

사천의 잔디농장에 전화해서 면적이 대략 40평 남짓 된다고 하니 40×60cm 크기의 잔디판 550장이면 넉넉할 거라고 해서 그렇게 주문했습니다. 까는 일은 품을 사고 내가 보조를 하면 되지 않을까 하다가 잔디농장 사장이 방법을 가르쳐주며 직접 쉬엄쉬엄 해볼 만하다고 해서 그에 따랐는데, 방법은 어렵지 않았으나 적지 않은 공력이 드는 일이어서 꼬박 사흘 걸렸습니다.

여름 장마철을 지나면서 잔디 틈에서, 특히 잔디판의 이음새에서 지천으로 자라날 풀과의 한판 승부를 각오하고 있습니다.

고추 15, 토마토 15, 가지 6, 오이 6, 여주 2

2022년 4월 30일

한차례 비 내린 뒤 녹차나무 잎은 한층 윤기를 더하고,
연둣빛 새순이 아침 햇살 받아 윤슬처럼 반짝입니다.
비 오는 날 맞추어 텃밭에 채소 모종을 심었습니다.
고추 15, 토마토 15, 가지 6, 오이 6, 여주 2, 그리고 부추 파 몇 뿌리씩.
식탁에 쑥개떡이 올라왔습니다.
청명에 꽃나무 심고 곡우에 찻잎 따니 4월이 가고 있습니다.

찻잎 시들키기 좋은 날

2022년 5월 4일

어느덧 신록의 계절 5월입니다.

봄은 잠자는 대지에 생명의 기운을 불어넣어 만물을 소생시킵니다. 메마른 땅에 풀꽃이 피어나고 앙상한 맨살의 나뭇가지에 새순이 돋습니다. 그리하여 그 싱그러운 생명의 숨소리로 가득한 5월의 산과 들은 하루하루 연두에서 초록으로 짙어갑니다.

오늘은 해 나고 적당히 바람 불어 찻잎 시들키기 좋은 날이라 어제 그제 딴 찻잎을 거실 바닥에 펼쳐 널었습니다. 곡우 때 첫물 찻잎을 따 얼마간 차를 만든 데 이어 두 번째인데요. 풋풋하면서도 살짝 비릿한 찻잎 냄새가 집 안을 채우고 흘러넘칩니다.

4월 하순에 따는 찻잎은 야생 차나무의 참새 혓바닥만 한 어린 새순이다 보니 채엽량은 늘 들쭉날쭉입니다. 이번에는 곡우 무렵보다 새순이 조금 더 자란 듯하여 양이 좀 될까 했는데 펼쳐 널어놓고 보니 거기가 거기입니다. 따는 사람의 둔한 손놀림 때문이겠지만, 겨울 가뭄이 봄까지 이어지면서 찻잎의 생육이 부진한 탓도 있겠지요. 어쨌든 저 상태로 하루 반이나 이틀 남짓 시들킨 뒤 찐득한 진이 나올 때까지 손으로 치대고 비빈 뒤 발효 과정을 거칠 것입니다. 차 명인 스님의 지도에다 저의 정성이 더해지고 있으나 맛과 향이 어떨지는 모르겠습니다.

직접 찻잎을 따 차를 만들면서도 우리 녹차가 당면하고 있는 현실을 떠올릴 때면 이런저런 생각이 많아집니다. 언뜻 보기에 녹차가 많은 사람들이 즐기는 일상의 기호음료인 듯해도 그 속을 들여다보면 마음이 마냥 편치만은 않다는 얘기입니다. 값싼 중국차에 치이고 커피에 밀려 우리 녹차는 점점 자리를 잃어가는 중입니다. 절집 선방에도 빠짐없이 커피 내리는 기계가 갖추어져 있고, 젊은 사람도 나이 든 사람도 커피 쪽으로 쏠리고 있습니다. 거스를 수 없는 시대의 입맛인지 모르겠으나 이러다보면 얼마 안 있어 녹차는 다중의 일상에서 멀어지고 소수의 호사가들이 즐기는 고급한 '음다(飲茶) 문화'로만 존재할지도 모릅니다. 소규모 다원이나 절집에서는 여전히 모든 과정을 사람의 손으로 하는 제다 전통을 이어가고 있고 또 일각에서 기계화, 특화를 통해 변화하는 입맛에 맞는 녹차 식음료 개발에 힘쓰고 있으나 상황은 녹록지 않은 게 현실입니다.

전통 방식 따라 직접 차를 만들어보면 그 과정의 수고로움을 절감합니다. 찻잎 따는 일부터 어느 하나 쉬운 것이 없습니다. 각 단계마다 적지 않은 시간과 정성, 공력을 쏟아야 합니다. 저의 실력으로는 하루 대여섯 시간 부지런히 잎을 따면 1.5kg쯤 되고, 그것을 차로 만들면 300g가량 됩니다. 시중에 나오는 야생이 아닌 재배 녹차 상품(上品) 40g 포장이 오륙만 원 정도일 텐데요? 종일 따가운 햇볕 아래에서 불규칙하게 자생하는 차나무의 새순을 하나하나씩 따서 시들키고 또 그것을 정성을 다해 덖고 비비고 발효시키는 노고를 생각하면 할 일이 못 됩니다. 노는 입에 염불하듯, 쉬엄쉬엄, 놀이 삼아, 마음 수행한다 생각하고 하는 것이겠지요.

그처럼 차 만드는 과정은 만만치 않지만, 반짝이는 연둣빛 찻잎 새순을 바라보는 순간 그 힘듦과 잡념이 다 사라집니다. 새순을 딸 때 똑 똑 손끝에 전해지는 조용하면서도 맑은 소리는 세상 시름을 잊게 하는 치유의 울림입니다.

녹차 한 모금 머금을 때 입안에 퍼지는 배릿함은 원초적인 자연의 맛이자 향기가 아닐는지요? 녹차 한 잔 앞에 놓고 그 빛깔과 소리, 맛, 향기를 생각합니다.

차 한 잔에 마음을 담고 봄을 담아

2022년 5월 10일

일 년 중 이런저런 모임과 행사로 가장 번다하다는 5월 초순이 지나가고 있습니다.

악양으로의 귀촌은 그 번다함에서 나를 풀어놓았고, 지금 나는 그 해방감을 넉넉히 즐기고 있습니다. 찻잎 따고 나물 캐다 보면 하루가 가고, 낮과 밤이 있을 뿐 시간은 존재하지 않는 나날입니다.

어제는 올해 들어 세 번째로 찻잎을 치대고 비비고, 발효시켜 차를 만들었습니다. 발효가 끝난 찻잎을 밤새 뜨거운 방바닥에 펼쳐 놓고 말렸더니 300g쯤 되는군요. 시음 삼아 한 잔 우려내 마셔보니 그런대로 좋습니다. 맛이 좀 덜한들 무엇이 문제겠습니까. 내 손에서 만들어진 차 한 잔에 봄이 담기고 마음이 담겨 있으니 그 한 모금의 차가 가져다주는 여유와 평화로움, 이보다 더한 해방감이 또 어디 있을까요?

오늘 이곳 악양은 구름이 조금 낀 데다 산들바람 불어 일하기 딱 좋은 날씨입니다. 창밖으로 눈을 돌리니, 이런 날씨를 예견이라도 한 듯 이곳저곳에 지천으로 널려 있는 일거리가 주인의 손길을 기다리고 있습니다. 텃밭도 매야 하고 화단이랑 잔디 마당의 풀도 뽑아야 하고….

그런데 오늘은 왠지 그냥 차 한 잔 앞에 놓고 망중한에 빠져들고 싶습니다. 한껏 자유롭고 편하게. 차도 누워서 마실 수 있다면 그렇게 마시고 싶다는 생각까지 하면서요. 함께하는 이 있으면 좋고 없어도 그만입니다.

악양 촌부가 마음을 담고 봄을 담은 차 한 잔 올립니다.

"죽순 수확 기념으로 곡차 한잔합시다"

2022년 5월 27일

지금 남녘 지방은 여지껏 이런 적이 있었나 싶을 정도로 봄 가뭄이 오래 가고 있습니다.

반년 넘게 비다운 비가 한 번도 오지 않았으니…. 섬 지역에서 식수난을 겪고 있다는 소식은 한참 전에 듣긴 했지만, 계곡물을 모아 식수와 생활용수로 쓰고 있는 아랫동네에서도 오늘부터 제한 급수를 시작한다는 마을 방송이 바람에 실려 흩어지고 있습니다. 사람 마시는 물도 부족할 정도니 농작물의 생육 또한 부진할 수밖에 없고 그 실상을 바라보는 농부들의 시름도 깊어갑니다.

귀촌 2년 차 백면서생이 어찌 농부들의 그 시름을 10분의 1이라도 헤아리겠습니까만, 그래도 명색이 농업경영체, 임업경영체로 등록된 어엿한 전업 농부 아닌가요? 2월에 심은 대봉감나무 묘목들의 발육 상태가 영 시원찮은 데다 텃밭 작물마저 고사 직전이라 백면서생의 마음도 편치 않기는 매한가지입니다.

찻잎 따기가 끝날 무렵이면 대밭에 죽순이 올라옵니다. 벌써 올라왔어야 할 죽순이 올해는 극심한 봄 가뭄 탓인지 이제서야 삐죽삐죽 얼굴을 내밀기 시작하는군요. 비가 안 오니 '우후죽순(雨後竹筍)'이라는 말도 조금은 낯선 듯하고요. 그래도 조만간 비가 한번 넉넉히 내려주면 우후죽순이 연출될 것입니다. 비 내린 뒤 대밭에 나가보면 아침이 다르고 점심때가 다를 정도로 죽순은 쑥쑥 자랍니다. 하루에 아이 키만큼 자라는 것도 있다고 하니 그 속도가 가늠이 되시나요?

어제 오후 집 옆의 대밭에서 죽순을 캤습니다. 죽순은 발로 툭 차면 꺾어지니 '캔다'는 표현이 맞지 않는 듯합니다만, 그렇다고 '꺾다'란 표현은 더 거시기하고…. 괭이로 땅속 부분까지 캐는 사람도 있다고 들었는데, 그렇다면 캔다는 말이 맞는 거지요?

멧돼지가 한번 훑고 갔는지 대밭 이곳저곳에 흙이 패여 있고 죽순 껍질이 어지러이 널브러져 있습니다. 다행히도 그 사이사이에 녀석들이 남겨 놓은 것이 있어 얼마간의 죽순을 감사히 수확할 수 있었습니다. 집에는 큰 가마솥이 없어 원각사에 신고 가서 두 시간가량 푹 삶았는데요. 죽순 삶는 냄새가 향긋하고 구수했습니다. 그렇게 삶아진 죽순은 껍질을 벗긴 뒤 큰 대야에 물을 채운 뒤 밤새 담가 둡니다. 그래야 죽순의 아린 맛이 없어진다고 하지요.

가마솥 아궁이 앞에 앉아 불 때고 있을 때 주지 스님이 지나가시다가, "죽순 수확 기념으로 죽순 넣고 돼지고기 볶아 곡차 한잔합시다~" 농을 던지시더군요. 스님 농이 없더라도 아삭아삭하는 죽순 안주에 막걸리 한잔 할 생각은 진작부터 하고 있었습니다.

아침이 되어 대야에 담가 두었던 죽순을 건져 일부는 팩에 담아 얼리고 또 일부는 찢어 말리고 있습니다. 꾸둑꾸둑하게 말리면 부피도 줄고 보관도 용이하겠지요? 원각사의 부엌살림을 돌보시는 공양주 보살의 가르침입니다.

오디 따 먹는 산비둘기 떼 소리에

2022년 6월 10일

하지가 열흘쯤 앞이니 지금이 일 년 중 해가 가장 길 때입니다. 다섯 시만 되어도 날이 훤하고 여섯 시 무렵이면 부지런한 농부들의 풀 베는 예초기 소리가 이곳저곳에서 들립니다.

딱히 서둘러 할 일이 있는 것도 아닌데 오늘은 평소보다 눈이 일찍 떠졌습니다. 새소리가 유난하다 싶어 거실로 나가봤더니 간밤에 거실 문을 열어 둔 채 잠자리에 들었고, 집 안으로 가득 흘러드는 새소리에 잠을 깬 것이었습니다. 문 닫는 것도 잊어버리다니 순간 내가 치매인가 하다가, 아니지 밤새 더 맑은 공기로 숨을 쉬었으니 이 얼마나 감사할 일인가 하며 긍정했습니다.

잠을 일찍 깬 것은 아마도 집 가까이 있는 뽕나무와 관련이 있을 듯싶습니다. 이 뽕나무는 봄에 잎을 따 나물로 무쳐 먹는 소중한 식자재원인데요. 안식구가 아끼는 나무이기도 하고요. 따먹기에는 너무나 작은 오디가 가득 달려 있는데, 근처 새들이 (산비둘기들이 참 많습니다) 그 오디로 아침 허기를 채우느라 왁자지껄한 소리에 잠을 깬 것이 분명합니다.

이곳 악양은 5월 하순에 시작된 매실 수확이 막바지에 이르고 있습니다. 아침 산책길에 매실 따는 노부부와 잠시 이야기를 나누었습니다. 올해는 봄 가뭄 탓에 매실 발육이 부진하여 씨알이 예년보다 잘고 소출도 적다고 하는군요. 마음이 많이 불편하시겠다고 하니, 농사 한두 해 지어본 게 아니니…, 좋은 날이 있으면 궂은 날도 있기 마련이라 그러려니 한다고 하시는 말에 평생 자연과 함께해 온 농부의 달관이 묻어납니다.

청(淸)을 담그기 위해 매실을 땄습니다. 농약을 치지 않는 데다 얼치기 가지치기에다 거름도 안 하니, 당연히 알은 잘고 빨리 떨어져 나무에 달려 있는 것이 적었습니다. 그래도 실한 놈으로 골라 매실 22kg에 비정제 설탕 20kg을 버무려 옹기에 담갔습니다. 지난해 담근 것도 많이 남았지만, 왠지 담그지 않으면 서운할 것 같았습니다. 이곳을 방문하는 지인들과 나눌 것이라곤 직접 만든 녹차와 매실청밖에 없으니…. 아, 때맞추어 오시면 대봉감 홍시도 먹을 수 있겠네요.

창밖으로 눈을 돌리니 바람에 몸을 맡긴 대나무들의 율동이 무척 한가롭습니다. 며칠 전 한차례 비 맞은 대봉감나무 묘목들이 생기를 찾았고 마당 잔디도 잘 자라고 있습니다.

그러나 비는 풀과의 전쟁을 알리는 전주곡입니다. 예초기로 감나무밭 풀을 베다가 연료가 떨어져 남겨진 풀들이 그냥 내버려두라고 아우성입니다. 오늘도 해거름 무렵이면 수행하는 마음으로 잔디 풀 뽑기를 계속합니다.

바랭이, 개비름, 도둑놈가시

2022년 6월 24일

하지가 지나니 장마가 코앞입니다.

간밤에 애타게 기다리던 비가 한줄기 왔습니다. 중부 지방은 물난리를 걱정하는데, 이곳 악양은 '찔끔' 내리고 그쳤습니다. 계곡물을 모아 쓰는 마을 상수도가 제한 급수를 하고 있는 상황이라 좀 넉넉히 내렸으면 싶었지만, 그래도 고마운 일입니다.

여러 날에 걸쳐 시나브로 계속해온 잔디 풀 뽑기는 마침내 아시 작업을 끝냈습니다. 그러나 곧 장마철이고 풀이 한창 자랄 때라 조만간 두 번째 풀 뽑기를 시작해야 할 것 같습니다. 풀은 풀이고 어쨌든 잔디는 깎아야 하니 인터넷에서 전기로 작동하는 잔디깎기를 샀습니다. 한동안 이어질 비가 그치면 쑥 자라있을 잔디를 한번 깎아볼 요량입니다. 그나저나 어린 감나무 묘목들을 압도하고 있는 저 풀을 어찌해야 할는지요. 예초기로 벤 지가 며칠이나 되었다고…. 대부분 바랭이 개비름 도둑놈가시(도깨비바늘) 등 생장력이 왕성하고 힘도 센 녀석들입니다.

대밭을 둘러보니 간밤에도 멧돼지들이 다녀갔는지 죽순 파먹은 흔적이 어지럽습니다.

간밤에 내린 비처럼, 비 같지 않은 비가 그나마 몇 차례 내린 덕분에 집 주변 초목과 대나무 숲이 생기를 되찾고 있습니다. 비 맞은 대나무는 축 늘어져야 제맛인데, 약한 비에 젖은 채 바람에 설렁설렁 흔들리는 저 대나무는 우죽(雨竹)인가요?, 아님 풍죽(風竹)인가요?

집 외벽을 따라 조그만 화단을 만들고 봉선화 접시꽃 한련화 등 꽃씨를 뿌린 지 두 달 남짓 되었습니다. 한련화가 핀 지 며칠 되었고 봉선화도 드디어 피기 시작합니다. 어린 시절 시골집 담벼락 옆에 피었던 주홍빛 봉선화와는 달리 흰색 연보라 핑크 등 색이 여러 가지입니다. 어디서나 잘 자라는 접시꽃은 봉선화 무리에 치여 자라는 것이 영 부진하지만, 그것 또한 기다리면 제 모습을 찾겠지요?

"사라바(さらば)!!"

2022년 7월 5일

새벽안개가 짙은 걸 보니 오늘도 많이 무더울 모양입니다.

그저께 초등학교 동기 모임에 참석했습니다.

6.25 전란이 끝나고 베이비붐이 막 시작되던 무렵 태어난 우리는 1961년에 초등학교에 들어가 1967년에 졸업했으니 올해가 졸업한 지 55년이 되는 해입니다.

우리가 다닌 학교는 밀양 하남들 언저리에 자리한 '하남대사초등학교'입니다. 밀양군에서 세 번째로 오래된(1922년 개교) 유서 깊은 학교였습니다만, 몇 년 전 인근 읍내 학교에 합쳐지면서 폐교되었습니다. 농촌 지역의 취학 인구 급감과 그에 따른 초등학교 폐교는 어제오늘 이야기가 아님에도 그 소식을 들었을 때 유소년기의 추억 공간이 뭉툭 잘려나가는 듯하여 많이 아쉬워했던 기억이 새삼스럽습니다.

모임은 밀양 얼음골 어귀에 있는 펜션에서 열 시 무렵에 시작되었습니다. 전국 각지에서 60명이 더 되는 동기들이 참석했습니다. (저는 하동역에서 무궁화호 열차를 타고 가다 삼랑진역에서 환승하고, 밀양역에 내린 후 친구의 승용차 도움을 받아 모임 장소에 갔습니다.) 졸업 인원이 130여 명이었고 타계한 동기들이 25명 정도 되는 데다 평균 나이가 69세임을 감안하면 놀라운 참석률이 아닐 수 없습니다. 졸업 후 처음 보는 얼굴도 몇 있었습니다.

55년 만의 만남! 그 감동을 어떻게 표현할까요? 인사하고 껴안는 것도 잠시 이내 옛 시절로 돌아가 떠들고 먹고 마시고 노래하고 춤추는 시간이 이어졌습니다. 다행히 걱정하던 비는 오지 않았으나 날씨는 찌는데 땀을 뻘뻘 흘리면서 한풀이라도 하듯 열심히 떠들고 춤추고 노는 친구들의 신명(?) 들린 모습이 너무 보기 좋았습니다. 무릎이 시원찮은 나를 강제로 춤판으로 이끄는 손길이 오히려 고마웠고요.

한쪽에서는 삼삼오오 모여 그때 그 시절 얘기로 꽃을 피웠습니다. 시작도 끝도 없이 이어지는 이야기 속에 간간이 섞여있는 친구들의 고단했던 인생살이가 가슴을 뭉클하게 했습니다. 지금도 상당수 동기들은 농사를 짓거나 택시 운전을 하고 요양보호사로, 또는 식당을 하는 등 우리 사회가 필요로 하는 생업 현장을 지키고 있다고 했습니다. 요행히 어찌어찌하여 가방끈이 길어졌고 거기서 얻은 어쭙잖은 지식으로 지금껏 살아온 자신이 왜소하게 느껴지는 순간이었습니다.

지금 한국 사회의 평균 '건강 수명'이 75세 정도라고 하지요. 우리 동기들이 병원이나 남 도움 없이 움직일 수 있는 시간이 대략 5년 남았다는 이야기입니다. 그때까지만이라도 다들 열심히 건강하게 살아서 유소년기의 추억과 감성을 되새기며 웃고 떠들고 춤추고 노래하는 어울림이 이어지길 빌었습니다.

신명풀이는 여섯 시 무렵 끝났습니다. 기약도 없이 언젠가 다시 만날 때까지 건강하길 빌며 우리는 헤어져야 했습니다. 아쉬움과 다음 만남의 기원을 담아 손을 흔드는 순간 울컥해지며 뜬금없이 오래전에 참관했던 일본 미야자키현 난고촌(南鄕村) 백제마쓰리의 마지막 장면이 떠올랐습니다.

　백제마쓰리는 한반도에서 건너간 백제 유민들이 음력 12월 중순 미카도신사(神門神社)에 모여 지내던 제례 의식에 뿌리를 두고 있는 유서 깊은 마쓰리(祭り)입니다. 여러 의식이 이어지며 9박 10일간 계속되는 마쓰리는 "사라바(さらば)!!" 하고 외치며 이별하는 장면에서 끝납니다. '사라바(살아 봐)'는 "살아서 다시 보자"는 애절한 이별사입니다. 우리 헤어짐이 그처럼 애절한 분위기일 수는 없겠으나, "또 만날 때까지 건강해라"는 친구들의 말이 내 귀에는 꼭 "사라바"의 그 느낌으로 들렸던 이유는 무엇일까요?

5 자미산방

집 이름을 '자미산방(紫薇山房)'으로 정했습니다.
자미화를 심고 집 이름을 자미산방으로 짓게 된
의미나 이유라면, 붉은색으로 오래 피어
변하지 않는 단심(丹心)을 무겁게 생각하고,
매화와 더불어 예로부터 문인 사대부들이
사랑한 꽃이기 때문입니다. 앞으로 이
당호(堂號)가 주소보다 더 익숙한 식별명이
되고 또 저를 호칭할 때도 이름보다
'자미산방 주인'으로 부르는 이들도 있겠지요.

– 2022년 12월 15일

자연의 시간 속으로

2022년 7월 15일

세월은 유수 같아 새해가 시작된 지 엊그제 같은데 어느새 7월하고도 중순입니다.

악양 생활도 점차 자리를 잡아가면서 주변의 풀과 나무가 나고 자라는 모습이 조금씩 눈에 들어오고 일거리를 챙겨보는 여유도 생겼습니다. 그러나 여전히 많은 부분이 생소하고 새로운 모습으로 다가옵니다. 나이 들어 귀촌한 사람에게 시골 생활은 딱히 할 일이 많은 것은 아니더라도, 눈여겨 찾아보면 곳곳에 일이 널려 있고 때로는 감당이 안 되는 것도 있습니다. 정착 초기라 더 그렇겠지요. 이제 또 어떤 일들이 기다리고 있을까 생각하며 겸사해서 상반기를 되돌아봅니다.

연초에 장비(포클레인)를 불러 대봉감나무 묘목을 심을 땅 고르기 작업을 했습니다. 집과 계곡 사이에 칡덩굴과 돌로 뒤덮여있는 얼마간의 땅을 어떻게 할까 고민하다가 이곳 악양의 특산물 대봉감나무를 심기로 한 결심을 실행에 옮긴 것이지요. 서울 사는 친구는 야생화 씨를 뿌려 두면 어떻겠느냐고 했고, 아랫마을 사는 농부 이 씨는 감 농사 만만치 않으니 그냥 편하게 하동장에서 사다 먹으라고 했습니다.

그럼에도 굳이 대봉감나무를 심겠다고 결심한 바탕에는, 유실수는 일단 심어 놓으면 설사 내가 못 따 먹더라도 후세 사람들 가운데 누군가는 따 먹을 것이라는 소박한 기대감이 있기 때문입니다. 나를 존재케 했던 이 세상에 남기는 감사의 정표라는 생각도 해보았고요. 30층짜리 아파트는 3년이면 짓지만 유실수 묘목은 사오 년이 지나야 비로소 소량의 수확이 가능하니, 인간의 시간과 자연의 시간은 본질적으로 결이 다르다고 해야 할까요. 대봉감 묘목은 4m 간격으로 50그루를 심었고, 추가로 체리 자두 살구 무화과 호두 묘목을 두 그루에서 다섯 그루씩 심었습니다. 비교적 병충해를 덜 타는 것들입니다. 혹독했던 봄 가뭄을 맞아 틈나는 대로 물을 열심히 준다고 주었음에도 대봉감은 다섯 그루가량 말라 죽었고, 묘목 값이 비쌌던 호두는 다섯 그루 가운데 세 그루가 살아남았습니다.

　사람들은 집을 짓고 나면 이런저런 꽃나무와 화초를 심고 조경을 하지요. 이곳은 주변이 매실나무 녹차밭 감나무 대나무 숲으로 어우러져 그 자체로 훌륭한 조경을 이루고 있는 데다 그러한 환경이 시간이 흐르면서 집과 어우러지고 보완되어 자연스러운 전원 조경으로 완성될 수 있겠다 싶어 인공적인 손길은 최소한에 그쳤습니다. 다만 봄부터 초가을까지 집 주변에 무성하게 자라나는 풀만은 관리해야겠다 싶어 마당에 잔디를 깔았고, 겸해서 동백과 홍매 석류 한두 그루씩 심었습니다. 함께 심고 싶었던 배롱나무는 시장에 나온 것이 없어 내년으로 넘겨졌고요.

　텃밭 농사는 지난해 경험을 참고하여 토마토 고추 오이 상추 등 이것저것 넉넉히 심었습니다. 옥수수와 고구마는 지난해 멧돼지가 하룻밤 사이에 초토화시켰던 터라 심지 않았고요. 취나물은 씨를 사다가 많이 뿌렸는데 싹 올라오는 것이 보이지 않습니다. 가뭄 탓일까요? 더덕도 지난해에 씨를 한 봉지나 뿌렸음에도 발아가 안 된 건지 주변 잡풀의 기운에 눌려선지 전혀 찾아볼 수 없어 올해는 하동장에 나와 있는 새끼손가락만 한 1년생 뿌리를 사다 이곳저곳에 심었습니다. 지금껏 잘 자라고 있으니 3년 정도 지나면 식탁에서 더덕 향을 맡을 수 있겠지요.

　4월 하순부터 5월 초에는 녹찻잎을 따서 차를 만들었습니다. 이곳을 방문하는 이들과 차담(茶談)을 나눌 정도는 됩니다.

　6월 들어서는 매실청을 담갔고 죽순도 두어 번 수확했습니다. 죽순은 멧돼지가 자주 다녀가는 바람에 수확이 지난해보다 못했습니다. 그래도 원각사 공양간에도 가져다드리고 얼마간은 비닐 팩에 담아 냉동 칸에 넣어 얼렸습니다.

　상반기는 그렇게 지나갔고 엇비슷한 패턴의 이곳 생활이 2년 차로 접어들고 있습니다. 돌아보면 하루하루는 긴 듯해도 한 달은 짧고 1년은 더 짧은 게 인간의 시간일까요. 산촌 생활에 조금씩 익숙해지면서 시간의 흐름에 대한 느낌에서도 나름의 변화가 감지될 때가 있습니다. 어쩌면 인간이 규정한 시간의 경계를 벗어나 자연의 시간 속으로 한 걸음 한 걸음 들어가고 있는 느낌이라고 해도 될까요.

7월입니다. 장마가 시작되면서 물기를 가득 먹은 텃밭의 작물들과 풀이 경쟁하듯 쑥쑥 자라고 있습니다. 하루가 다르게 무성해지는 집 주변의 초록 풀밭이 시원해 보이기도 합니다만, 마냥 그대로 둘 수도 없는 터라 수심이 깊어지고 있습니다.

벌떼의 습격, 119의 출동

2022년 7월 25일

장마가 끝나자 찜통더위가 예보되고 있습니다.

한줄기 소나기가 간절한 오후, 창밖으로 시간이 멈춘 듯 뜨거운 햇살 아래 대나무들은 오수에 빠져들었고 왁자지껄하던 산비둘기 떼도 기척이 없습니다. 저 멀리 구재봉에 걸린 구름 띠를 바라보며 차 한 잔에 마음의 여유를 담아봅니다.

어제는 구름 끼고 조금은 선선하기까지 하여 이때다 하고 예초기를 메고 미뤄 왔던 풀베기를 시작했습니다. 같은 생각을 하는 이들이 더 있는지 주위에서도 드문드문 예초기 소리가 들렸습니다.

예초기는 무게도 있는 데다 안전을 위해 정강이와 무릎, 안면 보호대를 착용해야 하니 육체적인 부담은 물론이고 정신적으로도 적지 않은 압박감을 줍니다. 그 압박감을 떨쳐낸다 하더라도 엔진의 강약을 조절하고, 지면과 날 간격을 알맞게 유지하기 위해서는 상당한 체력과 집중력이 요구되는데요. 초보 농군에겐 결코 만만치 않은 사항들입니다.

예초기가 익숙지 않은 나에게도 풀베기는 분명 부담스러운 작업입니다. 그럼에도 그 일을 마다할 수 없는 것은 몸을 움직이고 땀을 흘리는 삶은 이곳으로 귀촌하면서 서원(誓願)한 바이기도 하고, 풀 벨 때 코끝에 와 닿는 냄새가 너무나 유혹적이기 때문입니다. 그 비릿하면서도 싱그러운 냄새는 어린 시절 동무들과 소꼴 베다 싫증나면 풀 따먹기 놀이 하며 뒹굴던 그 풀밭 냄새를 떠올리게 합니다. 아련한 옛 시절에 체화(體化)된 후각은 지금껏 남아 그때를 생생히 기억하니, 유년의 감각은 이다지도 끈질긴 것인가요?

한 가지 예기치 않았던 사건도 있었습니다. 한참 풀 베던 중 뜨끔한 통증이 있어 뭔가 하고 주위를 살펴보니 벌떼가 달려들고 있는 게 아닙니까. 감나무밭 어딘가에 있는 땅벌 집을 건드린 모양이었습니다. 집 주변에는 매실 녹차 밤나무 꽃을 비롯해서 야생화가 지천이니 철따라 꿀 따러 날아드는 벌떼는 익숙한 풍경임에도 정작 거기에 벌집이 있는 줄 몰랐던 것이지요. 바로 예초기 시동 끄고 작업을 중단한 뒤 집 안에 들어와 살펴보니 목과 가슴 사이 벌에 쏘인 두어 군데 부위가 벌겋게 부어오르고 있었습니다. 걱정이 좀 되긴 했으나 견딜 만하여 상비용 물파스를 바르는 것으로 상황은 종료되었습니다.

한숨 돌린 뒤 생각하니 벌떼 소동으로 끝내지 못한 풀베기도 마음에 걸렸지만, 그보다도 집 가까이 있는 벌집을 저대로 둘 수 없다는 판단에 평소 이런저런 일로 도움을 받아온 아랫마을 분에게 SOS를 쳤습니다. 고맙게도 바로 올라와 보더니 벌집이 땅속에 있어 제거하기가 쉽지 않다며 119에 도움을 청하는 게 좋겠다고 합니다.

이런 일로 국가기관에 도움을 청하는 게 합당한가 하는 생각에 망설여지기도 했습니다만, 별 뾰족한 대안도 없어 119에 전화하여 상황 설명을 하니 곧 출동하겠다는 응답이 왔습니다. 15분이 채 안 되어 현장에 도착한 대원 세 분! 대한민국의 안전 서비스 정말 대단하지 않습니까? 그분들은 곧바로 우주복 같은 방호 장비를 착용하고 이리저리 살펴보더니, 벌집이 땅속 바위틈 빈 공간에 있다면서 일단 팔을 깊숙이 집어넣어 벌떼와 벌집을 제거하는 데까지 제거하고 약을 뿌린 뒤 흙을 파서 벌들의 출입구를 봉쇄하는 것으로 작업을 끝냈습니다. 그러면서 삼사 일은 절대로 근처에 가지 말고 (벌집 제거할 때 외출 나갔던 벌들이 돌아와 집 주위를 계속 맴돌 텐데, 그 녀석들은 약이 바짝 올라 있어 특별히 조심해야 한다면서) 예의주시하다가 추가적인 도움이 필요하면 전화하라고 하더군요.

또 한 가지 정말 안타까웠던 일은 풀을 베면서 초봄에 심고 긴 봄 가뭄 때 물을 줘가며 보살펴온 대봉감나무 묘목 두 그루를 예초기로 날려버린 것입니다. 묘목은 아직 어린 데다 무성한 풀 속에 잠겨 있어 식별이 쉽지 않은 점도 있었지만, 그보다는 제 주의력 부족이 사달의 빌미가 되어 벌어진 참사(?)였습니다. 너무 속상하고 분하고 눈물이 나왔지만, 어쩌겠습니까. 이렇게 하나씩 배워가는 것이겠지요.

오늘만큼은 위로받고 싶은 날입니다.

가을은 도둑처럼 찾아들고

2022년 8월 24일

여름의 끝자락인데, 아침부터 추적추적 비가 내립니다.

대나무 숲은 자욱한 비안개에 묻혀 들고, '무죽(霧竹)의 미학'이란 말이 연상되는 산촌의 고즈넉한 아침입니다.

새벽녘으로 살짝 선선함이 느껴지니 지금 오는 비는 한 걸음 늦은 가을의 전령사라 해도 될까요? 가을을 알리는 비가 아니더라도 저 멀리 내려다

마당 한 켠에서 봉선화와 금잔화가 가을이 왔음을 알리고 있습니다.

보이는 악양 들판과 뒤로 올려다보이는 형제봉 산색에는 이미 가을빛이 묻어나고 있습니다. 폭우 피해를 입으신 분들은 뜬금없이 무슨 한가한 소리냐고 나무랄 것 같습니다만, 아무튼 계절은 도둑처럼 찾아든다는 말에 고개가 끄덕여집니다.

계절의 변화는 집 주변에도 찾아들었습니다. 거실 앞의 백일홍은 때가 되었는지 윤기를 잃어가기 시작한 지 제법 되었고, 봉선화가 주렁주렁 씨주머니를 만들고 있고요. 그 뒤를 이어 가을꽃 금잔화(메리골드)가 저들의 계절이 가까이 왔음을 알리고 있습니다. 밤송이도 어지간히 커졌습니다. 한여름 내내 왕성한 생명력을 뿜어내던 계곡 칡덩굴과 풀도 누런 끼가 들면서 기운이 쇠하고 있는 모습이 저의 둔한 감각 기관에도 뚜렷이 잡힙니다. 어제가 처서였으니, 처서 지나면 풀이 더 이상 힘을 쓰지 못한다는 말이 빈말이 아닌 셈이지요.

이곳 명산물 대봉감도 하루가 다르게 씨알을 키워가고 있습니다. 올해는 지난 2년 동안 부실했던 작황을 보상이라도 하듯 가지마다 휘어지게 달렸습니다. 급한 대로 대나무를 베어와 여기저기 늘어진 가지에 지지대를 만들어 받치고 나니 모양도 그럴듯하고 마음도 놓입니다.

저 풋감들이 발갛게 익어 홍시로 혹은 곶감으로 식탁에 오르는 과정을 생각합니다. 자연의 순환 질서, 그것과 함께하는 인간의 정성과 손길을 떠올립니다. 자연과 인간이 하나 되는, 그 합일(合一)의 시공간에는 인간을 향한 자연의 보살핌이 있고, 자연을 향한 인간의 간절한 기도가 있습니다.

그런 생각을 하다가도 추적추적 내리는 비를 보는 순간 마음이 착 가라앉습니다. 시방 내리는 비는 백수 촌부의 시정(詩情)을 불러일으키는 데는 그만일지 모르겠으나 농사에는 전혀 도움이 되지 않기 때문이지요. 지금은 따가운 햇살 받으며 한창 씨알을 키우고 맛을 더해가야 할 때입니다. 거기다가 언제 닥칠지 모르는 태풍의 시샘도 받아넘겨야 하고…. 다 하늘의 일이니, 그렇게 되길 기도하고 기다리는 것이 농부의 마음입니다.

며칠 전에는 가을배추와 무 씨앗을 넣었습니다. 상추도 이때 씨 뿌려도 충분히 먹을 수 있다기에 함께 뿌렸습니다. 그간 비도 적당히 오고 해서 무는 벌써 싹이 올라오고 있습니다. 우리 눈에는 작물의 생육 과정이 그저 그렇게 보이지만, 어느 것 하나 허투루 되는 것이 있을까요? 이름 모를 들꽃 한 송이가 피기 위해서도 하늘의 햇볕과 땅의 자양분, 시간이 필요하듯 이 모두가 자연의 한 부분이겠거니 생각하며 기다립니다. 그래도 이왕이면 잘 커줘서 씨앗 값이라도 빠지면 더 좋겠지요?

예기치 않았던 일이 하나 있었습니다. 119에서 거처를 방문하여 휴대용 소화기와 화재감지기를 가져다준 것입니다. "독거노인들의 화재 사고를 대비한 것"이라고 하면서요. 나야 이미 집 안에 갖추어져 있어 필요가 없다고 했으나, 나라에서 주는 것이니 받아 놓으라고 하면서 인증 사진을 찍고 돌아갔습니다. 여분으로 생긴 소화기를 바라보며 우리 사회의 재난안전망을 생각하는 것도 잠시, 내가 '독거노인(혼자 사는 늙은이)'이 되었다는 사실이 어쩐지 좀 거시기하게 다가옵니다. 주민등록을 혼자만 옮겨 놓다 보니 그렇게 된 것인데요. 젊은 층은 다 빠져나가고 고령층 1~2인 가구 비중이 절대적으로 높은 작금의 농촌 상황을 볼 때면 많이 우울하고 그저 답답할 뿐입니다.

오늘은 왠지 이야기가 맥락이 없군요.

이곳에 귀촌한 이후 이런저런 인연으로 방문하는 이들이 가끔 있습니다. 오면 반갑고 가면 시원하고, 아무튼 그렇습니다. 다음 주 초에는 귀부인 세 분이 이곳에 와서 하루 묵는답니다. 나이도 지긋한 70대 중반이어서 벌써부터 긴장이 되는군요. 손님 맞을 준비로 풀도 베고 잔디도 깎고 집 안도 정돈하고…, 할 일이 많습니다.

가을이 익어가고 있습니다

쑥부쟁이가 꽃을 피우기 시작했습니다.
길섶에 떨어진 밤 줍는 재미로 산책에 나서는 날이 잦아졌습니다.
아침에도 나가고 해거름에도 나갑니다.
밤을 줍는 사이에 밤이 떨어집니다.
송이째 떨어지는 것도 있고 밤알만 떨어지는 것도 있습니다.
누렁둥이 호박 한 덩이를 따서 들여놓았더니 집 안이 풍성해졌습니다.
집 밖에도 집 안에도
가을이 익어가고 있습니다.

형제봉 자락에서 맞는 두 번째 가을

2022년 10월 3일

초강력 태풍 힌남노의 진로에 촉각을 곤두세우며 노심초사하던 때가 엊그
저께 같은데, 그때가 9월 초였으니, 어느새 한 달이 가고 10월입니다.

자연은 무심한 듯 유심하여 가을의 감성을 자극하고, 결실을 맺어가는
농작물이 따가운 햇살에 반짝거립니다. 집 주변의 초목과 형제봉 산색도
가을빛으로 물들어가고 있고요. 형제봉 자락에서 맞는 두 번째 가을, 외진
산촌의 소박한 삶, 그 소소한 일상 속으로 고요와 평화가 찾아듭니다.

지난해는 집 짓고 뒷정리하느라 나름 바쁜 나날이었습니다. 세상일에는
다 때가 있는지 그런 일들이 어느 정도 마무리되자 이곳의 초목이 눈에 들
어오기 시작했고, 생명이 나고 자라고 소멸하는 모습을 살펴보는 시간이

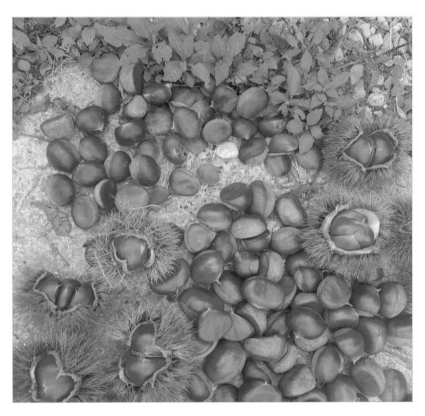

길섶에 떨어진 밤 줍는 재미로 산책에 나서는 날이 잦습니다.

늘어나고 있습니다. 햇빛의 강약, 바람의 방향, 공기 속의 물기, 연두에서 초록, 초록에서 황록으로 변해가는 색변(色變), 개화와 결실…. 그리고 야생의 또 다른 축인 짐승과 벌레 곤충들의 존재에 대해서도 조금씩 이해를 넓혀가는 중이라고 해도 될까요.

여름 끝에서 가을로 가는 한 달 동안의 풍광 변화는 유난히 선명했습니다. 작열하던 태양의 열기가 꺾이면서 초목이 심록(深綠)에서 황록으로 변해갔고, 공기 중의 물기가 줄어들자 하늘이 높아지고 구름은 가벼워졌습니다. 고추잠자리 날갯짓 분주하고 풀벌레 소리 요란하던 날, 길섶에는 꽃무릇이 피었습니다.

산책길 발걸음 앞에 밤송이 몇 개가 소담스럽게 떨어져 있습니다. 아침 햇살에 반짝이는 알밤의 때깔과 탐스러움은 그저 바라보는 것만으로 마음이 풍요로워집니다. 인간의 마음을 매혹하는 자연의 넉넉함이자 섭리의 또 다른 모습이지요? 밤은 9월 하순부터 수확이 시작되었고, 10월 말이면 대봉감 수확이 시작됩니다.

올해는 대봉감이 지난해와 지지난해의 흉작을 보상이라도 하듯 가지가지가 휘어져 부러질 정도로 많이 달렸습니다. 다만 심한 봄 가뭄 탓에 발육이 부진했던 데다 한정된 나무 기운을 너무 많은 감들이 나누다 보니 씨알은 예년에 못 미친다고 하는군요. 요즘은 거의 매일 집 주위의 여덟 그루 대봉감나무를 둘러보고 있는데 그 재미가 쏠쏠합니다. 주렁주렁 달려있는 풍성한 양태(樣態)에다 능소화꽃색을 닮아 몽환적이기까지 한 주홍빛 대봉감을 바라볼 때면 행복감을 넘어 황홀감에 빠집니다.

텃밭의 상황은 별로 좋지 못합니다. 가지와 고추는 아직 그런대로 버티고 있지만 들깨와 토마토는 병을 해서 일찍 마감을 한 상태고요. 8월 말에 씨 넣은 가을배추와 무는 싹을 고라니가 뜯어먹고 얼마 남은 것마저 벌레먹어 성한 데가 없습니다. 울타리를 하거나 모기장 비슷한 것을 덮어 씌워 고라니의 입질을 막고 친환경 액비와 살충제를 뿌리는 이들도 있다지만,

나의 정성이 아직 거기까지 미치지 못함을 반성할 뿐입니다.

하나 자랑할 만한 일도 있습니다. 봄에 호박 구덩이를 여러 개 파고 마을에서 소똥 거름을 얻어다가 구덩이마다 넉넉히 넣은 뒤 씨앗을 넣었는데, 그 생육이 심히 왕성하여 여름부터 지금까지 잎을 따서 된장국을 끓이기도 하고, 뜨거운 물에 살짝 데쳐 쌈을 싸 먹기도 했습니다. 풋호박으로는 찌개 끓이고 전을 부치기도 했고요. 며칠 전에는 누렁둥이 호박 세 개를 거두었는데, 그중 하나는 지름이 45cm가 넘고 무게가 11kg이 더 나가는 대물(大物)입니다.

안타까운 소식도 있습니다. 집 옆 대밭에 있는 아름드리 왕소나무 두 그루 이야기입니다. 이 두 소나무와는 아침에 눈뜨면 대밭을 향해 뚫린 통창으로 눈인사 나누는 사이였는데, 한 그루는 지난봄에 소나무 재선충으로 생을 마감했고, 나머지 한 그루마저 같은 증상으로 말라 죽어가고 있습니다. 수백 년 동안 갖은 풍상을 견디며 저 언덕을 지켜온 생명이니, 어찌 영(靈)과 기(氣)가 없다고 하겠습니까. 가슴 한 켠이 허물어지는 듯 허전하고 너무 슬픕니다.

허전한 내 마음을 아는지 모르는지 어디서 날아 와 텃밭 모퉁이에 뿌리내린 연분홍 코스모스의 몸짓이 마냥 한가롭습니다. 한 순간 무심한 듯 유심한 그 몸짓에는 어쩌면 인간에 대한 따뜻한 위로와 격려가 담겨져 있을지도 모르겠다는 생각이 들었습니다. 생각이 거기에 이르렀을 때, 갓 피기 시작한 녹차꽃이 수줍은 듯 요염한 모습으로 다가오고, 부풀어오른 노란 산국(山菊)의 꽃몽오리 터지는 소리가 들렸습니다.

가을이 깊어갑니다.

사람도 자연도 잠시 쉬어가는 날

2022년 10월 9일

비가 내리고 있습니다.
사람도 자연도 잠시 쉬어가는 날
차 한 잔 앞에 놓고 눈을 들어 창밖을 봅니다.
대나무 잎은 비에 젖어 무겁고
비안개 속으로
저 멀리 구재봉도 휴식에 들었습니다.
이 비 그치고 나면 가을은 깊어지고
그 속으로 결실의 풍요로움이 찾아들겠지요.

표고목을 들여왔습니다

2022년 10월 23일

귀촌은 흙으로의 귀향(歸鄕)입니다. 몸과 마음을 자연의 품으로 돌리는 회향(回向)이라고 해도 될 듯싶고요. 때늦은 귀촌, 아직은 좀 거칠다 싶은 주변 환경과 그것에서 비롯하는 부조화가 만만치 않지만, 그 삶 속으로 흙과 초목의 기운이 묻어들고 한 치 어그러짐 없는 생명의 순환 질서가 조금씩 눈에 들어옵니다.

　귀촌 후의 중심 일과는 생명 가꾸기입니다. 흙에 뿌리내리는 뭇 생명을 이해하고 함께하는 지름길이지요. 자연에 대한 최소한의 배려이자 존중이기도 하고요. 당연히 생명 가꾸기는 귀촌 리스트의 맨 상단에 올라 있는데요. 표고버섯을 직접 길러 식탁에 올리는 것도 그 중 하나입니다.

표고버섯 재배는 참나무 통나무에 종균을 넣은 뒤 숲속 그늘진 곳에 세워두기만(?) 하면 사오 년은 계속해서 버섯이 자란다고 하니 저 같은 초보 귀촌인한테는 식자재 자급 차원에서 딱 맞는 일이 아닐 수 없습니다. 가끔 물이나 한 번씩 뿌려주고 큰 망치로 표고목이 울리게 때려 종균의 잠을 깨우는 것 외에는 자연이 다 알아서 키워주는 데다 멧돼지를 비롯한 야생동물도 입을 대지 않으니 더 바랄 게 없는 작물이지요.

　그 생각은 진작부터 하고 있었지만 실행은 여의치 않았습니다. 버섯 종균은 읍내 산림조합에서 구입할 수 있다고 해서 해결이 된 것으로 치더라도, 표고목을 어떻게 조달하는가가 문제였습니다. 수소문 끝에 함양군 산림조합에서 종균을 넣은 표고목을 판다는 소식을 전해 듣고 연락했으나 물량이 적었던지 아니면 너무 늦었던지 다 팔리고 없었습니다. 해가 바뀌자 서둘러 새해 사업 일정이 어떻게 되는지 문의하니 올해는 그 사업을 하지 않는다고 하더군요. 대안을 찾아 이곳저곳 알아보던 중 마침 거창에서 표고 농사를 짓는 분과 연락이 닿아 드디어 뜻을 이루게 되었습니다. 자신의 농장에 표고목 들일 때 조금 추가하고 그것에다 종균을 넣어 보내주겠다는 것이었습니다.

　오늘 그 표고버섯 재배용 참나무를 들여왔습니다. 종균을 넣은 지름 20cm 내외, 길이는 120cm 남짓 되는 참나무 통나무 50개를 실어 와 집 뒤 밤나무 숲 속에 시옷(ㅅ)자 모양으로 붙여 세웠더니 그냥 배가 부르고 뿌듯하기까지 합니다. 참나무 값, 종균 넣는 비용과 운송비가 솔찮았지만, 사오 년 청정한 노지 재배 표고버섯을 안정적으로 자급할 수 있게 되었으니 그것으로 자족할 뿐입니다. 물론 그런 생각은 순전히 기대이고 버섯이 생각처럼 자라줄지는 두고 볼 일입니다.

　사실 이제서야 하는 얘기지만 종균까지 넣은 참나무를 배송 받아 숲속에 세워두는 것 외에 아무것도 안 하면서 비용을 탓한다면 어폐가 있는 것이겠지요. 도회지 고급 식당에서 가족 모임 한번 한 셈 치고 넘어가면 될 일이 아닌가 싶습니다만···. 다음에는 기회 봐서 직접 참나무도 구하고 드릴로 구멍 뚫어 종균을 넣어볼 생각도 하고 있습니다.

지금부터는 기다림의 시간입니다. 그나저나 버섯 종균이 혹한과 혹서 같은 시기를 어떻게 넘기며 또 정말 저렇게 세워두기만 해도 되는 건지, 병충해는 없는 건지 궁금하기도 하고 걱정되기도 합니다. 그럼에도 내년 이맘때면 표고버섯을 직접 따 식탁에 올리고 나눌 수 있다는 기대감으로 마음이 넉넉해지는 하루였습니다.

집 이름을 '자미산방(紫薇山房)'으로

2022년 12월 15일

어느덧 12월하고도 중순입니다.

오랜만에 페이스북 담벼락에 글을 올립니다. 한동안 글을 읽을 수도 쓸수도 없었습니다. 정확히는 10.29 이태원 참사 이후, 참을 수 없는 분노와 슬픔, 절망과 무력감에 휩싸여 외부와는 최소한의 연락만 유지한 채 뉴스 SNS 등과 같은 소통 채널을 다 끊고 지냈습니다. 오로지 몸을 움직여 얼마간 땀을 흘리며 초목과 대화하고, 공기 속의 물기와 바람의 흐름을 가늠해보려 했습니다.

양명하고 따뜻한 이곳도 그저께부터 확연히 냉기가 느껴지더니 어제는 영하 5도, 오늘은 영하 7도를 기록합니다. 해가 중천에 떠있는 낮에는 기온이 영상으로 올라가니 몸도 마음도 조금 풀리는 느낌입니다. 텃밭의 무와 배추는 급한 대로 방수포를 덮어씌웠는데 어한이 될지는 잘 모르겠습니다. 그리고 오늘처럼 추운 날 난방비 걱정되는 것은 인지상정이지요? 집 난방이 기름보일러이다 보니 없는 살림에 기름값이 부담이 안 된다고 하기는 어렵습니다. 지난해는 난방용 등유가 1리터에 900원 정도였는데, 지금은 1천550원. 올해 안으로 임업직불금이 얼마 나온다니 그것으로 버텨볼 생각입니다.

2022년이 이제 딱 보름을 남기고 있습니다. 12월의 도시는 송년회다 평가회다 이런저런 모임으로 번다할 때인데요. 한때는 열심히 그 흐름을 좇아 살았지만, 그런 삶에서 벗어나 악양에 귀촌한 뒤로는 11월부터 한 달 정도가 나름 바쁘고 의미 있는 시간이 되고 있습니다. 농촌에서는 이 무렵이 추수와 갈무리로 한창 바쁠 때여서, 자연스럽게 조금씩 그 세계로 들어가 보는 나날이기도 했고요.

11월 초부터 지인의 대봉감 따는 데 일손을 보태면서 한편으로 '직접 키운' 대봉감을 수확하는 즐거움을 맛보았습니다. "직접 키웠다"는 표현은 사실 정확지 않은 표현입니다. 겨울에 가지 좀 쳐주고, 여름에 풀 베고 방제약 몇 번 뿌려준 것이 전부니, 키운 공의 열에 여덟 아홉은 하늘과 땅의 몫으로 돌려야 마땅하겠지요.

올해는 정말 감이 풍년입니다. 발갛게 익은 대봉감은 보는 것만으로도 행복했습니다. 따는 재미도 여간 쏠쏠한 것이 아니었습니다. 따가운 햇살에 땀 흘리면서도 결코 노동이라는 생각은 들지 않았고, 설사 그것이 노동이라 한들 참으로 즐거운 몸놀림의 시간이었음이 분명합니다.

수확한 대봉감은 일차적으로 이곳 생활을 시작할 때 관심을 가지고 격려해주신 분들에게 감사하는 마음을 담아 조금씩 택배로 보냈고, 크기가 작거나 상처 난 감으로는 곶감과 말랭이를 만들고 식초도 넉넉히 담았습니다. 한 그루는 다 따지 않고 관상용으로 남겨 두었는데요. 낮에는 따가운 햇살 받고 밤에는 찬 서리 맞으면서 나무에 달린 채 홍시가 되어가고 있습니다. 그 풍경도 풍경이지만 나무에 달린 홍시 하나씩을 새들과 사이좋게 나눠 먹는 것도 별난 호사가 아닐 수 없습니다.

11월 말에는 하동장에 나가 단감나무와 무화과나무 등 유실수 묘목 몇 그

발갛게 익은 대봉감은 보는 것만으로도 행복합니다. 따는 재미도 여간 쏠쏠한 것이 아닙니다.
수확한 대봉감은 지인들에게도 조금씩 보내고 곶감도 만듭니다.

루를 사다 심었습니다. 올 초 심었던 묘목들 가운데 심한 가뭄을 이기지 못하고 말라 죽은 것과, 풀 벨 때 예초기로 날려버린 자리를 메꾼 것입니다. 이 추운 계절에 무슨 묘목을 심느냐고 하시겠지만, 남쪽에서는 원래 과수 묘목을 11월 초순부터 12월 중순에 심어야 착근과 생육에 좋다고 합니다.

어제는 감 따는 일을 도와준 집에서 얻어온 물러지고 못생긴 대봉감으로 식초를 추가로 담그고, 자미화 라일락 양다래 등 꽃나무와 유실수 서너 그루를 더 심는 것으로 올해 일을 대충 마무리했습니다.

자미화(紫薇花 ; 배롱나무)는 이른 봄에 심을 기회를 얻지 못하다가 여수의 정원농원 사장이 모양새 좋은 두 그루를 집까지 배송해주겠다기에 기회를 잡은 것이지요. 굵기가 어른 손목 정도 되는, 그다지 크지 않은 것이지만 자세가 참 마음에 듭니다. 정성 들여 심고 바람에 뿌리가 흔들리지 않게 지지대를 설치했습니다. 저 자미화가 잘 자라 이 집을 지키는 지킴이가 되어줄 것을 염원하며 그동안 마음속으로 이 이름 저 이름 썼다 지웠다를 반복해온 집 이름을 '자미산방(紫薇山房)'으로 정했습니다. 자미화를 심고 집 이름을 자미산방으로 짓게 된 의미나 이유라면, 붉은색으로 오래 피어 변하지 않는 단심(丹心)을 무겁게 생각하고, 매화와 더불어 예로부터 문인 사대부들이 사랑한 꽃이기 때문입니다. 그들의 교육 공간인 서원이나 향교에는 반드시 심어졌고요. 제가 다녔던 초등학교에도 철따라 매화와 자미화가 만발했었습니다. 아무튼 앞으로 이 당호(堂號)가 주소보다 더 익숙한 식별명이 되고 또 저를 호칭할 때도 이름보다 '자미산방 주인'으로 부르는 이들도 있겠지요.

한낮인데도 형제봉에서 쏟아지는 냉기가 만만찮습니다. 몸은 움츠러들지만 차갑고 건조한 날씨 덕분에 곶감은 잘 마르면서 맛 들어 갑니다. 언제가 될지 모르지만 함께 곶감과 녹차 잔 앞에 놓고 차담할 때를 기다립니다.

"낙부천명부해의(樂夫天命復奚疑)"

새벽녘 빗소리에 잠을 깼습니다.

밖은 어둡고 딱히 할 일도 없는 백수 촌부는 이불 속에서 이런저런 잡생각을 하며 게으름을 떨고, 그렇게 산골 외딴집의 하루가 시작됩니다. 문득 페이스북에 글을 올린 지 한참 되었다는 생각에 빗소리 동무 삼아 이 글을 쓰고 있습니다.

연말 연초에 얼굴을 내밀어야 하는 모임에다 처리할 일도 있어 서울을 다녀왔습니다. 열흘쯤 집을 비웠으니 꽤 긴 출타였습니다. 서울은 여전히 복합적인 소음과 열기로 가득했습니다. 귀촌한 지 얼마 되었다고 바삐 오가는 차와 사람들의 흐름을 따르기 어려웠고, 밖이든 안이든 탁하고 소란스러웠습니다. 지난날 저 흐름에 뒤처지지 않기 위해 열심히 살았던 잿빛 도시는 조금씩 낯선 곳이 되어가고 있었습니다.

산촌의 새벽 기운에는 청신함이 가득합니다. 아직 절기상으로 소한과 대한 사이라 아침에 일어나 창문을 활짝 열어젖히지는 못하지만, 창밖의 풍경만으로도 그 청신한 기운을 느끼기에 부족함이 없습니다. 청(淸)함은 냉(冷)함으로 더욱 청(淸)하다고나 할까요. 거기에다 오늘은 겨울비가 넉넉히 내리고, 계곡 건너편에서는 비 맞으며 미동도 않은 채 입석(立石)● 처럼 대나무들이 도열하고 있습니다. 비안개가 연출하는 흐릿하고 몽환적인 분위기… 아! 저것이 바로 우죽(雨竹)의 미학일 것입니다.

산골 촌부라고 해서 할 일이 없는 것은 아닙니다. 감나무와 매실나무 가지치기도 해야 되고 녹차밭 검불도 걷어내야 합니다. 어제는 그동안 미루어 왔던 큰일을 하나 마무리했습니다. 엄나무와 두릅나무 묘목 심기를 끝낸 것입니다. 각각 30그루씩 심었으니, 올해 수확은 기대하기 힘들더라도 내년 봄이면 두릅과 엄나무 순이 넉넉히 식탁에 오를 것이고, 그 정경을 상상해보는 것만으로 입맛이 돌고 마음도 덩달아 푸근해집니다.

이곳에 와서 들은 이야기입니다만, 두릅과 엄나무는 키우기가 참 쉽다고 합니다. 제초제나 살충제를 칠 필요가 전혀 없는 데다 특히 두릅은 꺾꽂이도 잘 되고 그냥 드문드문 심어 놓으면 번식력이 좋아 금방 퍼진다고 하는군요. 그런데도 맛과 향이 좋아 봄날 식탁의 귀인 대접을 받지요. 당연히 가격 또한 만만치 않은데요. 지난해 중간 수집상들이 마을을 돌면서 할머니들이 따온 첫물 두릅 상품(上品)을 1kg에 3만 5천 원 주고 사 가더군요. 그런 두릅보다 더 높게 치는 게 엄나무 순입니다. "두릅 팔아 엄나무 순 사먹는다"는 말처럼 엄나무 순은 두릅보다 비싸고 맛도 더 좋습니다. 그래서 요즘은 논밭에다 가시 없는 개량종 엄나무(은개나무)를 심는 모습도 종종 볼 수 있습니다.

때맞추어 비가 넉넉히 내렸으니 두릅과 엄나무 묘목의 착근 여부는 걱정하지 않아도 되었습니다. 긴 겨울 가뭄으로 꺼칠해진 녹차나무 잎도 윤기를 되찾고, 더불어 매화의 꽃망울은 좀 더 빨리 부풀어 오르겠지요.

사족으로 도연명(陶淵明)의 시구(詩句) 하나를 덧붙입니다.

"낙부천명부해의(樂夫天命復奚疑). ── 저 천명을 즐기면 그만이지, 다시 무엇을 의심하거나 망설이랴."

〈귀거래사(歸去來辭)〉의 마지막 구절인데, 이곳 악양으로 내려올 무렵 마음에 담았던 구절이기도 합니다. 나무판에 새겨 자미산방 어딘가에 주련(柱聯)으로 걸어볼까 하는 생각도 하고 있습니다.

● 이곳 마을 이름이 입석리입니다.

진돗개 수놈 강아지 한 마리를 데려왔습니다. '선돌이'라는 이름을 지어주었습니다.

식구가 하나 늘었습니다

식구가 하나 늘었습니다. 진돗개 수놈 강생이입니다.

곡성에 사는 페친이 기르는 개가 새끼 다섯 마리를 낳아 젖을 물리는 사진을 올렸을 때 댓글을 단 것이 연이 되어 그중 한 녀석을 데려온 것입니다.

댓글을 달면서 거처가 마을에서 한참 올라가는 산 쪽이라 멧돼지와 고라니와 같은 야생 동물들이 애써 키운 작물을 난장판으로 만든다고 푸념했더니, 그분이 진돗개 수놈 한 녀석 있으면 큰 도움이 될 거라면서 원하면 한 마리 분양하겠다고 해서 마음을 내어본 것이지요. 12월 5일생이니 세상의 빛을 본 지 채 두 달이 안 된 어린 것입니다.

그 어린 것이 이곳에 온 지 2주가 다 되어갑니다. 첫 이삼일은 밤새 낑낑거리면서 울부짖는 통에 나도 안식구도 한숨 자지 못했습니다. 사람이나 개나 다 같이 지각이 있는 생명인데, 낯선 주변이 얼마나 무섭고 엄마 품이 그리웠겠습니까? 다행히 며칠 지나면서 울부짖음도 잦아들고 새로운 환경에 빠르게 적응하고 있습니다. 잘 먹고 잘 싸고, 한편으로 벌써 엄마 품을 잊어버렸나 하는 생각에 살짝 서운함도 들지만, 마음껏 뛰어노는 모습이 보기에 참 좋습니다.

우리 강생이 이름은 '선돌이'로 지었습니다. 이곳 입석(立石 : 선돌)마을 이름을 딴 것인데요. 간혹 잘못 듣고 산돌이 또는 순돌이로 부르는 사람도 있습니다. 선돌마을을 모르는 사람들은 그 익숙지 않은 이름보다 산돌이나 순돌이가 어감도 좋고 의미도 친근해서 그런가 봅니다. 어쨌거나 아직 어린데도 집 주변 이곳저곳을 종횡무진으로 뛰어다니고 바짓단을 물면 걸음 옮기기가 힘들 정도로 힘이 장사입니다. 선돌이가 무럭무럭 자라 자미산방을 수호하는 든든한 지킴이가 되고 동반자가 되어 함께 행복한 삶을 살아가길 소망합니다.

6 소소한
일상

요즘은 꽃나무 심기에 좋은 때라 계속 뭔가
심고 있습니다. 오늘처럼 비 오는 날은 몸이
더 근질거립니다. 그저께도 꽃나무 몇 종을
심었습니다. 멀리 파주에서 온 능소화와
강원도 지인이 챙겨 보낸 수국 작약 등입니다.

- 2023년 3월 24일

기다림의 시간, 설렘의 시간

2023년 2월 2일

'어어…,' 하는 사이에 1월이 가고 2월입니다. 벌써 2월입니다.

'벌써'라는 말에 1월을 보내는 아쉬움보다는 봄을 기다리는 마음을 담아 봅니다. 오늘따라 이런 마음이 간절해지는 것은 유난히 매서웠던 추위에다 어디 한 곳 마음 붙일 데 없는 작금의 사회 상황 때문일지도 모르겠습니다. 이제 2월이니 뜰의 매화는 봄을 기다리는 주인의 마음을 자양분 삼아 열심히 꽃몽오리를 부풀리겠지요?

내일모레가 봄이 시작된다는 입춘입니다. 계절의 순환은 어김없어 매서운 추위도 한풀 꺾이고 바람결에 봄기운이 살짝 실려 있는 듯합니다. 창밖으로 내다보이는 주변 산색과 나뭇가지에도 봄기운이 감지되는 것은 나만의 느낌일는지요. 그런 섬세한 감각이 아니더라도 봄을 기다리는 간절한 마음만은 어찌할 수 없는 2월의 둘째 날입니다.

악양은 남녘이라 추위는 덜하고 봄소식은 빠릅니다. 지금쯤이면 매화가 꽃망울을 한껏 부풀리고 있을 때인데, 올해는 혹한 때문인지 자미산방의 매화 꽃망울은 작고 형세도 조금 빈약해 보입니다. 고도가 있는 산자락이라 더 그럴까요. 개중에는 참지 못하고 지레 꽃망울을 터뜨렸다가 얼어버린 녀석들도 보이고요. 아직은 기다림의 시간인 것 같습니다.

아침 산책길에 매실나무 가지치기를 하고 있는 나이 지긋한 부부를 만났습니다. 이른 시각에 부지런히 전동가위를 놀리는 두 분 앞에서 한가하게 산책하는 모습이 조금은 민망스러웠지만, 잠시 나눈 이런저런 얘기 가운데 올해는 겨울 가뭄과 혹한으로 매실과 녹차 작황이 많이 부진하지 않을까 걱정스럽다는 말이 마음에 남았습니다.

자미산방 주변에는 매실나무가 여러 그루 있고 얼마간의 녹차밭도 있습니다. 이전 땅 주인이 가꾸다 내버려둔 것인데요. 여러 해 가꾸지 않아 야생으로 돌아간 것을 지난해부터 얼치기로 가지치기를 하고 칡덩굴과 잡풀을 열심히 걷어낸 공덕(?)으로 지금은 제법 모양새를 갖추었습니다. 올해도 며칠 전부터 가지치기를 한다고 하긴 했습니다만, 매실의 출하 판매는 언감생심이고 매실청 담그는 정도의 수확이면 충분하기에 농약도 안 치고 거름도 안 주니 씨알은 잘고 때깔도 빠질 수밖에 없습니다. 그러나 3월 중순이면 자연스럽게 뻗은 무성한 가지마다 흐드러지게 피는 매화가 그 부족함을 충분히 보상하기에 유감은 없습니다.

봄 가뭄의 영향은 녹찻잎 생육 상태를 보면 한층 두드러집니다. 윤기가 흘러야 할 잎이 생기를 잃고 일부는 누렇게 말라가고 있어 초보 농사꾼의 눈에도 올해 차 농사는 어려움이 많겠다 싶습니다. 지난해 대봉감 풍년에 자만하지 말라는 자연의 경고일 수도 있겠고요.

오후 들어 바깥 공기에 냉기가 실리고 있습니다. 아직 봄은 오지 않았는데 봄을 입에 올리는 것이 가당찮다는 신호일까요? 그래도 입춘이 되면 우수 경칩이 지척이고, 곧 춘분이니 청명 곡우 또한 머지않습니다. 자연의 순환 질서에는 어그러짐이 없으니 때가 되면 약동하는 봄기운에 생명이 움틀 것이고, 그때 맞추어 매화 만발하고 찻잎 따는 시간이 이어지겠지요.

2월은 기다림의 시간, 설렘의 시간입니다. 향긋한 매향과 배릿한 녹차향을 떠올리며 설레는 마음으로 연둣빛 봄날을 기다립니다.

'거침'과 '야생'의 아름다움

2023년 3월 3일

3월로 접어들면서 봄으로 가는 시간의 속도가 빨라지고 있습니다.

얼굴에 와 닿는 바람결에 온기가 느껴지고, 저 멀리 내려다보이는 악양 들판도 조금씩 푸르름이 더해집니다. 섬진강 물색에도 봄빛이 묻어나고요. 내일모레가 경칩이니 봄은 벌써 우리 곁에 와 있는지도 모르겠습니다, 도둑처럼.

그러나 유난히 추웠던 겨울의 기억 때문인지 아직은 봄이라기보다 겨울의 끝자락이란 말이 편하게 다가옵니다. 거처가 산자락인 데다 계곡을 끼고 있어 밤에는 기온이 많이 내려가고, 오늘은 바람까지 불어 춥습니다. 간절기(間節氣), 춘래불사춘, 꽃샘추위 등등 이 무렵 회자되는 말들이 올해도 어김없이 한동안 몸과 마음을 움츠러들게 하겠지요. 선돌이 물그릇의 얼음을 깨 주는 것으로 하루가 시작되는 일상도 좀 더 계속될 듯싶고요.

자미산방의 봄은 매화가 피는 것으로 시작됩니다.

이곳 매화는 평지보다 조금 늦은 우수 무렵부터 하나둘씩 피기 시작하여 3월 중순에 만개하고 4월 초순까지 이어집니다. 매화의 시간표상으로 지금이 대략 3분의 1 지점을 지나고 있는 셈이지요.

자미산방의 매화는 조금 별난 데가 있습니다. 집 주변에 한두 그루 있어 꽃을 피우는 모양새가 아니라 집의 동쪽 남쪽이 온통 매실 밭으로 둘러싸인 데다 군데군데 자생하는 매실나무도 많아 만개 시에는 진한 매향과 꿀벌의 웅웅거리는 소리로 정신이 어질어질해집니다. 자랑도 아니고 과장도 아닙니다. 매화 철에 이곳을 한 번이라도 다녀간 사람은 그 광경을 두고두고 그리워합니다. 바야흐로 때가 되어 가는지 며칠 전부터 들리기 시작한 벌들의 꿀 따는 소리가 점점 소란스러워지고 있습니다.

이곳에 집 짓고 산 지 근 2년. 계절이 여러 번 바뀌는 동안 철따라 전개되는 새로운 풍광과의 교감과 소통의 폭을 조금씩 넓혀왔습니다. 산촌생활에서 일어나는 소소한 일상의 소중함에 눈뜨는 시간이기도 했고요.

자미산방의 풍광은 '거침'과 '야생'의 아름다움입니다. 그 거칠고 야생스러움에 홀려 바위와 칡덩굴, 잡초로 뒤덮인 땅을 손대지 않고 그대로 두는 것도 좋겠다는 생각을 하고 있었습니다. 그러나 사람의 마음은 변하기 마련인지 때때로 이런저런 생각이 떠오르고 그 생각들이 정리되면 약간 손을 대고 나무를 심었습니다. 큰 틀은 지난해 초 장비를 불러 거칠게나마 땅을 다듬은 뒤 대봉감 자두 무화과 등 과수 묘목과 동백 배롱나무 라일락 등 관상수 몇 그루 심는 것으로 마무리되었지요.

얼마 전 또 한 가지 일을 벌였습니다. 집 옆으로 흐르는 계곡 주변을 정리한 것인데요. 사실 거실에서 통창으로 내다보이는 대나무 숲은 어디 내놓아도 빠지지 않는 자미산방의 제1경입니다. 계곡 건너편(彼岸)의 대나무 숲과 어울리는 것이 무엇일까 생각하다가 차안(此岸)에는 녹차씨를 뿌려 계곡 따라 녹차밭을 만들고 그 중간중간에 개복숭아를 심어보자고 마음을 정한 지는 한참 되었습니다. 차일피일하다가 녹차씨의 발아 시기와 묘목의 착근 등을 고려할 때 더는 미룰 수가 없어 실행에 옮긴 것이지요. 과일 상자 분량의 녹차씨는 차밭에 떨어져있는 것을 그냥 주우면 되었고요.

물론 지금 씨 넣고 묘목 심었다고 해서 바로 눈앞에 가시적인 풍경이 전개되는 것은 아닙니다. 녹차나무는 생장 속도가 느린 데다 개복숭아 묘목이 자라 제대로 꽃을 피우기까지 사오 년은 족히 걸리니 녹찻잎의 싱그러움과 개복숭아꽃의 요염함(?)이 어우러지는 풍경은 먼 훗날에서야 가능해지는 일입니다. 기다림 없이 열리는 자연의 문은 존재하지 않는 법이니까요.

글을 쓰다 말고 바깥을 보니 걱정스러운 정경이 하나 눈에 들어옵니다. 계곡에 접하고 있는 대나무들이 생기를 잃고 잎이 허옇게 말라가고 있는 모습입니다. 대나무는 시골집 구들장을 뚫고 올라올 정도로 생명력이 강하지만 추위에는 약한 편입니다. 중부 이북 지역에 대나무가 잘 자라지 못하는 것도 그 때문이지요. 지금의 허연 모습은 지난겨울의 혹한과 계곡으로 쏟아져 내리는 찬바람 때문이었을까요? 어서 날이 풀리고 비가 와서 저 허연 잎들이 초록의 생기를 되찾았으면 하는 마음 간절합니다만…, 그 또한 자연이 하는 일입니다.

두서없는 글이 자꾸 길어집니다. 그렇다고 선돌이 근황을 생략할 순

없군요.

자미산방의 일상은 선돌이가 중심이 되어 돌아갑니다. 이제 태어난 지 딱 석 달, 이곳에 온 지 한 달 반인데요. 주인과 타인을 구분하기 시작했고 말귀도 조금씩 생겨나는 듯합니다. 그러면서도 넘치는 에너지는 주체할 수 없는지 주변을 천방지축으로 뛰며 돌아다니는 데다 내가 집밖에 나가면 바짓가랑이를 물고 늘어져 아무것도 할 수 없게 만듭니다. 때와 장소를 가리지 않고 뒹구는 통에 흰둥이가 반쯤 누렁이가 되었고요. 얼마 전에는 1년 전에 심고 정성껏 보살펴온 대봉감나무 한 그루를 물어 부러뜨리더니 요즘은 돋아나는 수선화 국화 작약의 새싹을 뜯어먹고 있습니다. 그러다가 싫증 나면 양지바른 거실 앞 잔디에서 네 다리 쭉 뻗고 오수를 즐기는 꼴이란….

선돌이를 모셔왔다는 소문을 듣고 보러오겠다는 지인들이 늘고 있습니다. 벌써 다녀간 사람도 있고요. 빈말이라도 사람 사는 집에 사람 보러 와야지 강아지 보러 온다는 말이 가당키나 한가요?

그렇게 오시더라도 기꺼이 직접 만든 곶감과 녹차로 차담상을 차려 올리겠습니다.

아침에 눈뜨면 창밖의 초목이 인사하고
2023년 3월 13일

또 꽃샘추위인가요?

한차례 비 온 뒤 밤새 기온이 뚝 떨어졌습니다. 선돌이 물그릇도 꽁꽁 얼었습니다.

이른 아침 산책길에 선돌이가 저만치 앞서 내달립니다. 찬 공기에 몸이 움츠러들고 하얀 입김이 뿜어나지만, 뽀드득거리는 서릿발 밟는 소리가 정

청신한 기운이 가득한 산촌의 봄날 아침입니다.

겹습니다.

청신한 기운이 가득한 산촌의 봄날 아침. 오늘따라 하늘엔 구름 한 점 없고, 창으로 쏟아져 들어오는 햇살에 눈이 부십니다. 그 맑고 따스한 햇살에는 옅은 봄 냄새와 만발한 매화의 문안 인사가 실려 있으니 이처럼 화려한 아침이 또 어디 있을까요?

눈앞에 펼쳐지는 화려한 매화의 문안 인사는 커튼이나 블라인드가 없기에 가능한 일일지도 모릅니다. 집을 지으면서 집 안과 밖의 경계를 최소화하느라 창을 많이 내고 어떤 형태의 가림막도 설치하지 않았는데, 그것이 어쩌면 신의 한 수였던 셈이지요. 아침에 눈뜨면 창밖의 초목이 인사하고 해 지고 어두워지면 모두 사라집니다. 그리하여 조금은 자연에 더 가까이 다가가는 느낌을 받습니다.

바야흐로 자미산방의 매화가 절정으로 치달고 있습니다. 요 며칠 낮 기온이 25도에 육박하면서 속도가 한층 빨라지고 있는 모습인데요. 꽃샘추위로 잠시 쉬어갈 듯싶지만, 절정으로 치달아야 하는 그 강렬한 욕망과 질서를 어찌하겠습니까.

어제 내린 비가 일조를 했는지 계곡 물소리가 조금 더 커졌습니다. 개구리 울음소리가 계곡 물소리에 섞여 들립니다. 쑥과 개망초가 지천으로 돋아나고 머위도 얼굴을 내밀기 시작합니다. 지난 12월에 심은 곤달비도 혹한을 이겨내고 새싹을 틔워 올립니다. 살구 자두 개복숭아도 질세라 열심히 꽃몽오리를 만들고 있고요.

그렇듯 자연의 질서를 관조하거나 초목이 나고 자라는 현장을 마주할 때면 늘 경이로움이 함께합니다. 그 경이로움에 빠져 과수나 꽃나무 심는 일을 멈추지 못하고 있는 것일까요. 집 주변에 사람의 손길이 닿지 않은 자투리땅이 여기저기 흩어져 있는 것도 한 가지 이유가 될 듯싶고요. 어제도 비 맞으며 하동장에 나가 금목서 은목서 천리향 동백 한 그루씩, 치자 다섯 그루를 사 왔습니다. 비 내린 뒤 촉촉해진 땅에 심을 생각을 하니 벌써 몸이 근질거립니다.

오늘도 선돌이 이야기로 마무리합니다. 애써 가꾸어온 꽃밭을 파헤치거나 올라오는 새싹을 물어뜯는 일은 여전하고요. 더 꼴 보기 싫은 것은 그 새싹들 위에 퍼질러 앉아 놀거나 가로누워 낮잠을 즐기는 것입니다. 그 꼴을 보며 속을 끓이고 있는 주인의 마음을 아는지 모르는지 봄바람에 몸을 내맡긴 채 부드럽게 흔들리는 대나무 숲의 율동에는 평화로움과 여유로움이 가득합니다.

오늘은 선돌이의 백일입니다. 저녁에는 별식을 만들어줄 생각을 하고 있습니다. 꼴 보기 싫어도 어쩌겠습니까. 한 식구이니까요.

"잠든 뿌리를 봄비로 깨운다"

2023년 3월 24일

고즈넉한 산촌의 봄날 아침, 백수 촌부는 녹차 한 잔 앞에 놓고 밀린 숙제 하듯 노트북 자판을 두드립니다.

어제 낮부터 내리기 시작한 비가 지금까지 이어지고 있습니다. 가랑비 되었다가 이슬비로 내리고 잠시 그쳤다가 내립니다. 형세로 보아 가뭄 해갈에는 턱없이 부족하지만, 지난 가을 이후 비다운 비 한번 내리지 않아 한 방울의 비도 아쉬운 때라 여간 반가운 풍경이 아닐 수 없습니다.

봄비는 만물을 깨우고 소생시킵니다. "잠든 뿌리를 봄비로 깨운다(Dull roots with spring rain)"는 T.S. 엘리엇의 〈황무지(The Waste Land)〉 구절 그대로입니다. 비 머금은 초목은 연녹색 기운이 완연하고 땅도 그런대로 젖었습니다. 무엇보다 가뭄과 혹한으로 허옇게 말라가던 대나무 숲이 얼마간 생기를 되찾는 듯하여 그나마 마음이 좀 놓입니다.

오늘처럼 비 오는 흐린 오후가 더 근질거립니다 꽃나무를 심기 좋은 때라서입니다.

요즘은 꽃나무 심기에 좋은 때라 계속 뭔가 심고 있습니다. 오늘처럼 비오는 날은 몸이 더 근질거립니다. 그저께도 꽃나무 몇 종을 심었습니다. 멀리 파주에서 온 능소화와 강원도 지인이 챙겨 보낸 수국 작약 등입니다. 능소화는 지난해 가평 설악에서 시집온 녀석이 있지만, 조금은 외로워 보이던 차에 집에서 키우는 능소화꽃색이 이쁘다고 자랑하는 또 다른 지인에게 특별히 부탁하여 받은 것이고요.

수국은 지난해에 포트에 삽목된 열다섯 그루와 나무수국 다섯 그루를 심었는데요. 며칠 전 고맙게도 꽃나무 키우는 데 지극정성인 지인이 꼭 심고 싶었던 나무수국을 어렵게 구했다며, 아스틸베 작약 뿌리와 함께 한 그루를 보내왔습니다. 그 이름은 Living Pinky Promise. 시간이 지나면서 꽃색이 연두에서 흰색으로, 다시 연분홍으로 바뀌는 사진을 보며 많은 기쁨을 기대하고 있습니다.

하동장에서 사 온 노란꽃모란 한 그루, 구봉화 다섯 그루도 심었습니다. 구봉화는 꽃이 아홉 개의 봉우리로 모여 핀다고 하여 이름이 구봉화인데, 황철쭉 또는 '엑스칼리버'라고도 부른답니다.

또 관심을 갖고 가꾸고 있는 것이 곤달비입니다. 남원 산내면에서 우리 토종 꽃과 산나물을 재배하고 있는 지인이 지난 12월에 곤달비 뿌리를 한 상자 보내주어 심었는데요. 며칠 전에 필요하면 좀 더 가져다 심어보라고 해서 바로 먼 길을 달려가서 가져와 심었습니다.

이처럼 뭔가 심을 때마다 떠올리는 생각이 하나 있습니다. 사람의 역할은 심고 물주는 일이니 나의 역할도 대충 여기까지일 것입니다. 이제는 저 어린 생명들이 땅 기운을 받아 건강하게 뿌리내리고 태양을 향해 힘껏 팔을 벌리겠지요. 거기에 자연의 시간이 더해져 빛나는 생명체로 커가기를 빌어봅니다.

봄은 역시 나물의 계절입니다. 집 주변에 지천으로 자라는 냉이 쑥에다 머위 달래 씀바귀 등등…. 이름을 다 헤아릴 수가 없습니다. 이곳은 땅심이 좋은지 달래 뿌리가 양파는 좀 과장이고 작은 마늘만 한 것도 더러 보입니다. 올해는 곤달비까지 더해졌으니 이래저래 식탁이 한층 향기롭고 건강해질 듯싶습니다.

비 오는 바깥 풍경에 자꾸 눈이 가는 바람에 글 진도가 더딥니다. 주인의 속마음을 아는지 모르는지 선돌이가 현관문을 긁어대며 같이 놀자고 재촉하기에 잠깐 비 그친 틈타서 함께 산책에 나섭니다. 앞서가는 선돌이는 비 맞으며 어디를 계속 돌아다녔는지 꼴이 가관입니다. '자유'의 또 다른 모습일까요?

산책길, 촉촉이 젖은 흙 밟으며 생명의 기운을 느낍니다. 비 온 하루 이틀이 바꾸어 놓은 초목과 대지의 변화가 경이롭습니다. 계곡 옆의 개복숭아 꽃몽오리가 많이 부풀었고 지난해 심은 자두 살구 묘목도 셀 수 있을 정도의 꽃송이를 피우고 있습니다. 형제봉 계곡의 매서운 골바람을 견디어낸 동백도 조만간 꽃망울을 터뜨릴 모양새고, 설중매도 꽃몽오리가 터지기 직전입니다. 설중매는 그 이름대로라면 겨울 눈 속에 피어야 제격일 텐데요. 아마도 분홍빛 꽃송이가 눈을 살짝 뒤집어쓴 모양을 하고 있어 그런 이름을 얻었을까요?

잠시 소강상태를 보이던 비가 다시 내리면서 주변이 짙은 비안개로 어둑어둑해지는군요. 안개 속으로 대나무들은 축 늘어져 미동도 없고, 묵묵히 지고 있는 매화의 자태가 의연합니다.

3월이 갑니다

한차례 비가 내렸습니다.
봄날 같은 봄날이 이어지고 있습니다.
매화가 지고 벚꽃이 핍니다.
불어난 계곡 물소리 낭랑하고
그 소리 장단에 개복숭아 꽃잎이 나풀거리며 계곡으로 내려앉습니다.
연보라 분홍 꽃잎이 계곡물 따라 흘러갑니다.
3월이 갑니다.

할미꽃

4월입니다.

　해는 나날이 길어지고, 악양의 산과 들도 연둣빛으로 한층 선명해졌습니다. 연일 화창하던 날씨가 잠시 숨을 고르는 모양인지 어제 저녁부터 비가 내리기 시작했고, 아침이 되면서 빗줄기가 굵어지고 있습니다. 창에 부딪혀 흘러내리는 빗물 사이사이로 신록의 풍경이 나타났다 지워졌다를 반복하고 그 잠깐잠깐 스치듯 지나가는 풍경 속으로 생동하는 봄기운이 섞여듭니다.

　대나무 숲은 비에 젖어 유정하고, 말없이 지고 있는 개복숭아 꽃잎이 무던히도 아름답습니다. 낙화의 슬픔은 알 듯 모를 듯, 그러나 저 장면만은 왠지 눈에 담아두고 싶은 비 오는 봄날 산촌의 아침나절입니다.

절기상으로 오늘이 청명입니다. 맑고 밝은 날, 땅에 뿌리내리는 뭇 생명이 왕성한 에너지를 분출하며 찬란한 연둣빛 잔치를 준비합니다. 그 잔치에 빠질세라 집 주위의 꽃나무들도 부지런히 움을 틔우고 싹을 키워가고 있습니다. 지금 내리는 비는 연두로 가는 행진에 속도를 더할 것이고, 어린 대봉감나무 새순도 조만간 그 행진에 동참하겠지요.

어제는 꽃밭에 할미꽃을 심었습니다.

먹을 게 귀하던 시절, 참꽃(진달래꽃) 따 먹으러 동무들과 뒷동산에 오를 때 늘상 마주하던 할미꽃. 지극 사랑으로 막내손주 돌보시던 할머니를 닮은 꽃. 미래에 대한 불안과 두려움으로 흔들리던 어린 영혼을 보듬고 감싸주던 그 할머니의 꽃입니다. 위로와 안식의 꽃이자 가슴 시리도록 아름다운 기억의 꽃입니다.

유년 시절의 기억에 대한 집착 때문일까요. 악양에 집 지을 때부터 뜰 한쪽 양지바른 곳에 할미꽃을 심어볼 생각을 하고 있었습니다. 그런데 그 흔한 줄 알았던 할미꽃이, 뒷동산 무덤가나 잔디풀이 자라는 곳이면 지천으로 피어 있던 할미꽃이 어느 때부터인가 찾아보기 힘든 귀한 꽃이 되어 있었습니다. 원인에 대해서는 의견이 분분하지만…, 할미꽃이 공해에 약하다는 말도 있고, 뿌리가 몸에 좋다는 뜬소문에 사람들이 다 캐 가 버려 그렇게 되었다는 말도 있습니다.

오랜만에 찾은 원각사 법당 옆 구석진 자리에 할미꽃 한 무리가 소담스럽게 피어 있습니다. 스님께 여쭈어보니 녹차밭 어귀에 있던 것을 한 뿌리 옮겨 심은 것이 저렇게 무성해졌다며, 지금도 있는지 모르겠다면서 있으면 캐다 심어보라고 하시더군요. 서둘러 찾아간 녹차밭 귀퉁이 무덤가에는 셀 수 있을 정도의 할미꽃이 살며시 고개를 숙인 채 피어 있었고, 그중 몇 포기를 캐다 심었습니다. 유년의 기억 공간 한 페이지를 복원했다는 기분에 몸과 마음이 무척 가벼웠고, 축하라도 하듯 때맞추어 하늘에서 비가 내렸습니다.

고사리도 함께 심었습니다. 지금은 고사리 새순이 한창 올라오고 있는데요. 꺾을 때의 똑똑 하는 경쾌한 소리에다 아기 손 같이 오므려진 그 모양이 너무 예쁘다며 몇 뿌리라도 심어보고 싶다는 안식구의 성화에 인근의 고사리밭 주인의 양해를 얻어 얼마간의 뿌리를 캐서 옮겨 심은 것입니다. 이로써 자미산방이 자급하는 식자재 명단에 또 한 줄이 더해지는군요.

오후 들어 빗줄기가 점점 굵어지고 있습니다. 오랜 가뭄 끝에 내리는 비라 좀 더 세차게 쏟아진들 누가 뭐라겠습니까.

이 비가 아니더라도 이제 벚꽃은 다 졌고 배꽃도 거의 지고 있는 중입니다. 그 빈 공간을 멀리 산자락 중간중간에 점점이 보석처럼 박혀있는 산벚꽃이 채워가고 있습니다. 얼마 안 있어 꽃밭의 모란과 작약이 필 테고, 산책길 주변엔 이름 모르는 야생화가 피겠지요. 언제 우리 함께 그 길을 걸어갈 수 있기를 빌어봅니다.

자미산방에 밤이 찾아들면

2023년 4월 12일

자미산방에 밤이 찾아들면
저 멀리 아랫마을 가로등과 외등이 별이 되어 반짝입니다.
하늘에서도 별이 반짝입니다.
땅과 하늘의 별들이 마주 보고 두런거리는 소리에
잠 깨어 창밖을 올려다보니
칼로 자른 듯한 스무이틀 하현달이 중천에 떠 있었습니다.
황홀하고 유정하여 더는 잠들 수 없었습니다.

꽃이 지면 잎이 돋아납니다

2023년 4월 18일

텃밭에 씨 뿌리고 모종 심은 기념으로 차 한 잔의 망중한을 즐기고 있습니다.

금방이라도 비가 올 듯 잔뜩 흐린 날. 저 멀리 내려다보이는 악양 들판과 그 너머의 구재봉 능선이 짙은 안개에 묻혀 들고, 흐릿한 산과 들의 연둣빛 신록은 갓 우려낸 녹차의 물색을 닮았습니다.

자미산방의 주변도 온통 연두색입니다. 보름 전만 해도 군데군데 겨울의 잔영이 남아 있었는데, 계절은 종종걸음으로 앞서가건만 사람의 눈은 자연의 그 섬세한 변화를 따라가지 못하는 것일까요.

올봄은 시작부터 어딘가 좀 별난 데가 있다는 생각을 지우지 못하고 있습니다. 이상 고온으로 꽃나무들이 정신 줄을 놓아버린 탓인지 빨리 피고 빨리 졌습니다. 매화가 그랬고 벚꽃이 그랬습니다. 수수꽃다리(라일락)가 벚꽃과 같은 시기에 꽃을 피우고 지역 구분 없이 이 꽃 저 꽃 한꺼번에 피면서, 매화—벚꽃—배꽃으로, 남녘에서 북으로 조금씩 겹치며 이어지는 화개(花開)의 시퀀스(sequence)가 깨어지고 있는 모습이 뚜렷합니다.

그렇다고 아쉬운가요?

꽃이 지면 잎이 돋아납니다. 경쟁하듯 새순을 키워가는 생명의 합창이 있습니다. 아침 햇살 받아 윤슬처럼 반짝이는 연두의 계절이 전개됩니다.

봄은 한편으로 야생화의 계절입니다. 이곳저곳에서 티내지 않고 조용조용 피어나는 들꽃은 수수하면서 화려하고 수줍으면서 요염합니다. 이름을 모른다고 아름다움마저 모를 리가 있겠습니까. 집 나서면 야생의 풀꽃이 있고 그 자태를 하나씩 눈에 담아가는 지금이 무척 소중한 시간으로 추억되지 않을까요? 며칠 전 산책길에 발견한 금낭화가 그래서 더 반가웠는지도 모르겠습니다.

내일모레가 곡우입니다. 곡우는 녹차의 계절을 알리는 전령사 같은 절기지요. 하동은 4월 하순이 되어야 본격적으로 찻잎 따기가 시작되는데, 올해는 이상 고온으로 새순이 빨리 돌아 예년보다 조금 이른 시기에 찻잎 따기가 시작되었습니다. 집에 딸려있는 차밭은 어떤가 해서 둘러보니 새순이 제법 돋았으나 따기에는 조금 이른 듯합니다. 고도가 있는 산자락이어서 그럴까요. 혹한과 가뭄을 이겨내고 연둣빛 새순을 빚어내는 차나무의 생명력이 놀랍습니다.

올해는 좀 더 부지런히 찻잎을 따서 덖음차와 발효차를 만들어볼 요량입니다. 얼마가 될지 또 그 맛이 어떨지 모르지만, 함께할 수 있다면 더 좋고요. 아 그리고 지난해 코로나로 취소되었던 '하동세계차엑스포'가 5월 4일 개막하여 한 달 동안 옆 동네 화개면 일원에서 열린답니다. 우리 녹차가 커피와 중국차에 밀려 많이 어렵다는 사실은 다 아는 얘기지요. 코로나 상황에서 군 단위의 행사가 얼마나 짜임새 있게 치러질지 걱정 반 기대 반이지만, 하동 녹차의 가치를 알리고 나아가 전통 녹차업계가 활력을 되찾는 기회가 되길 빌어봅니다.

찻잎 딸 무렵이면 봄 채소를 파종하거나 모종을 냅니다. 거처가 산 쪽이어서 평지보다 조금 늦은 4월 하순에 파종하고 모종을 내왔습니다만, 올해는 빨라진 절기를 감안하여 어제 하동장에 나가 텃밭에 심을 씨앗과 모종을 사 왔습니다. 상추 쑥갓 토마토 열무 고추 등 넉넉한 분량입니다.

늘 해오던 대로 비료 농약은 물론이고 멀칭도 안 하고 완전 자연방식 그대로 키우기에 잘 자라줄지 또 그 소출이 얼마 되는지는 알 수 없습니다. 땀 흘려 키워 식탁에 올리고 이웃과 나누는 '행농보시(行農布施)'를 화두 삼아 하는 거라고 하면 너무 과한가요?

어제 오후, 지난해 텃밭 자리만으로는 부족할 듯하여 여분의 땅을 일구어 이랑을 만들었고요, 오늘 아침에 씨 뿌리고 모종 심기를 끝냈습니다. 비 오기 전에 끝낸다고 서둘렀지만, 예보와는 달리 잔뜩 흐리기만 했지 기대했던 비는 오지 않았습니다.

절기가 예년보다 빨라선지 잔디도 많이 자라 보기에 시원합니다. 아직은 4월 중순이라 잡풀도 별로 없고 단정하지만, 비가 한두 차례 내렸으니 곧 풀과의 전쟁이 시작될 것입니다. 텃밭과 잔디 가꾸기는 귀촌인의 꿈이자 로망이라고 하지요? 그러나 땀 흘리지 않고 이루어지는 꿈과 로망이 어디 있겠습니까. 그 힘듦을 기꺼이 감내하고서라도 그 꿈과 로망이 이곳 자미산방에서 이루어지길 소망합니다.

선돌이도 많이 컸습니다. 어제 목줄 구멍을 한 칸 늘려주었습니다.

층층나무꽃이 피면

2023년 5월 4일

하루쯤 게으름을 떨고 싶은 촌부의 마음이 하늘에 닿았는지 오후 들어 비가 내리기 시작합니다.

왁자지껄하던 산비둘기 떼마저 어디론가 날아들고 사방은 비안개로 흐릿한데, 간간이 들리는 빗물 홈통의 울림 소리가 봄날 오후 산촌의 나른한 정적을 깨트립니다.

대나무 숲에는 우죽(雨竹)의 적정(寂靜)이 흐르고, 그 너머로 층층나무가 수줍은 듯 조심조심 꽃 계단을 만들어가고 있습니다. 층층나무꽃이 피면 곧 여름이니, 녹음도 충분히 짙어졌습니다.

이곳 악양은 4월 말에서 5월 초순이면 찻잎 따고 차 만드느라 분주한 나날이 이어집니다. 자미산방에도 얼마간의 차밭이 있어 차 만드는 일은 연례행사가 되어가고 있습니다. 초보 귀촌 농부 내외가 하는 일이니 진행은 느리고 소출도 고만고만하지만, 방문하는 이들과 함께 마시고 나눌 정도가 되니 그것으로 자족합니다.

며칠 전 아랫동네에서 소규모 녹차 공장을 하고 있는 이웃을 만났을 때, 올해 찻잎 작황과 품질이 어떠냐고 물었더니 생각보다 좋지 않다고 하더군요. 겨울에서 초봄까지 이어진 가뭄에다 찻잎 수확기를 앞두고 날씨가 냉온의 변덕을 부리는 바람에…. 그 소리를 듣고서 찻잎의 생육 상태가 궁금하기도 하고 혹시 뭔가 눈에 들어오는 게 있을까 해서 차밭을 둘러보았으나, 초보 농군의 눈에 어찌 그 섬세한 부분이 잡히겠습니까?

4월이 가기 전에 첫물 찻잎을 딸 생각이었으나 방문객이 이어지고 간간이 비가 오는 바람에 올해는 예년보다 조금 늦어졌습니다. 주 후반에 비가 예보되어 있어 어제 오늘 서둘러 찻잎을 땄습니다. 한 4~5kg 될까요. 갓 따온 찻잎을 거실 바닥에 펼쳐 놓으니 집 안이 이내 찻잎 냄새로 가득해집니다. 싱그러우면서도 풋풋한 찻잎 냄새는 어린 시절 소꼴 벨 때 코끝에 와 닿던 그 풀냄새를 살짝 닮았습니다. 그 옛날 체화된 후각은 이렇듯 끈질기게 남아 아련한 그때 그 시절을 어제 일처럼 기억하고 소환합니다.

찻잎은 펼쳐 놓은 상태로 이틀 정도 시들키면 거뭇거뭇해지는데 이때 맞추어 진이 나올 때까지 찻잎을 치대고 비비기를 반복한 뒤, 발효와 건조 과정을 거치게 됩니다. 시중에서는 이렇게 만들어진 차를 황차(黃茶)라 부르기도 하는데요. 건조 후 옹기에 담아 숙성시키면 맛이 깊어집니다. 어떤 방법으로, 얼마나 오래 발효시키느냐에 따라 당연히 맛도 향기도 달라지겠지요? 딱히 정해진 방식이 있는 건 아니기 때문에, 집집마다 장맛이 다르듯 만드는 사람 나름의 비법(?)과 손맛에 따라 고유한 맛과 향을 가진 발효차가 만들어집니다.

우리 녹차의 상징인 덖음차도 만들어볼까 생각해봤지만, 찻잎을 덖을 무쇠 솥과 부속 도구도 갖추지 못했는 데다 덖음차는 마지막 건조 과정이 까다롭고 힘들어 일단 올해는 포기하기로 했습니다. 또 다른 이유라면, 덖음차가 향은 좋지만 성질이 강해 장기간 마시면 속을 다칠 수도 있다는 차 명인 스님의 조언 때문이기도 하고요.

아무튼 사오일 지나면 햇차를 마실 수 있을 텐데, 맛이 어떨지 기대와 걱정이 반반입니다. 나름 정성을 다해 좋은 찻잎을 가려 땄으니 일의 절반은 마친 셈이지만, 앞으로 남은 기간도 정성을 다해 시들키고 유념, 발효, 건조 과정을 밟아 보겠습니다.

빗물 홈통의 울림이 커지면서 장단이 잦아지는 걸 보니 빗줄기가 강해지는 모양입니다. 선돌이 녀석은 빗속에 어디를 돌아다녔는지 물에 빠진 생쥐 꼴을 하고 있네요. 사위는 고요하고 자욱한 비안개 속으로 사물의 형체와 경계가 없어집니다.

이번 비가 그치면 자미산방의 초목들은 한층 싱싱해지면서 빠르게 연두에서 초록으로 바뀔 것입니다. 풀과의 전쟁도 시작될 것이고요. 그러다 보면 매실 수확이 코앞입니다.

산촌의 봄날 오후

2023년 5월 7일

5월의 신록 속으로 비가 내립니다.
장미는 비에 젖어 영롱하고
붓꽃은 비에 젖어 청초합니다.
대나무 숲은 비안개 장막 삼아 선정(禪定)에 들고
선돌이는 거실 앞 처마 밑에서 웅크린 채 잠들었습니다.
산촌의 봄날 오후
방안에서는 녹차가 익어가고 있습니다.

날이 밝으면 저절로 눈이 떠지고

2023년 5월 16일

아침 햇살에 반사되어 집 안으로 쏟아져 들어오는 연녹색 봄기운이 무척 싱그럽습니다. 입하(立夏)가 지난 지가 여러 날 되었고, 곧 소만(小滿)이니 이제는 연두에서 초록으로의 행진이 시작될 때입니다.

하지가 앞으로 한 달 남짓, 해는 충분히 길어져 새벽 다섯 시만 되어도 주위가 훤합니다. 이곳 생활에 익숙해진 건지 날이 밝으면 저절로 눈이 떠지고, 사위의 명암과 햇볕의 강약에 반응하는 몸의 리듬이 신기하게 느껴질 때가 많습니다. 그럴 때면 지난날 도회지 아파트에서 암막 커튼 치고 시계 바늘 따라 움직이던 시절이 떠오르고, 삶이 이렇게도 바뀌는구나 독백하면서 이곳 생활의 주요 장면들을 꼽아보곤 합니다.

자미산방의 일상은 여여합니다. 텃밭에 심은 작물 돌보고 집 주변의 잡풀 정리하는 것이 주요 일과가 되었고요. 때와 장소 가리지 않고 휘저으며 돌아다니는 선돌이의 난행(亂行)도 여전합니다. 선돌이는 1월 18일에 이곳에 왔으니, 어느덧 넉 달이 지났군요. 많이 커서 목줄 구멍을 또 한 칸 늘려주었고 이제 더 늘릴 구멍이 없으니 조만간 큰 목줄을 사 와야겠습니다.

마음대로 주변을 돌아다니는 통에 텃밭에 심어 놓은 채소 모종을 짓밟아 망가뜨리거나 피어나는 꽃봉오리를 꺾는 일이 다반사로 이어지고 있습니다. 지난번엔 할미꽃과 동백꽃을 꺾어 놓더니 며칠 전에는 만개한 모란 꽃송이를 꺾어 놓았고요. 이제는 작약과 장미 차례인 듯한데요. 어찌하나 두고 보고 있지만…, 고약한 행실은 이뿐이 아닙니다. 낮잠을 잘 때도 잔디에 누워 자면 좀 좋을 텐데, 꼭 한창 자라나는 국화 줄기를 깔고 자니 제 속이 편할 리가 없겠지요? 그런다고 어찌겠습니까. 어서 철들어 주인의 심기를 헤아릴 날을 기다릴 뿐입니다.

지난 며칠 동안 2차로 차를 만들었습니다. 5월 초 첫물 찻잎으로 만든 것만으로도 자미산방을 찾는 분들과 차담할 정도는 되는 듯싶지만, 반짝이며 돋아나는 연둣빛 찻잎 따는 게 까닭 없이 즐거운 데다 노는 입에 염불하듯 찻잎 시들켜 비비고 유념하는 일이 이곳 생활의 방편이자 자연이 허락한 특별한 혜택이라고 생각하기 때문입니다. 이번에는 발효 시간을 조금 줄여보았고 건조 작업도 따가운 햇살과 바람의 도움으로 진행되었습니다. 맛이 어떨까, 혹여 지난번 것과 맛이 좀 다르려나, 설레는 마음으로 바로 우려 마셔보았으나 둔한 미각 탓인지 그 섬세한 맛 차이는 가늠이 되지 않았습니다. 그래도 마음만은 충분히 여유로웠던 시간이었습니다.

바야흐로 자미산방에도 녹음의 계절이 찾아들고 있습니다. 5월 초에 흡족하게 내린 비로 대나무 숲도 생기를 많이 되찾았고요. 계곡 물소리가 한층 낭랑해졌습니다.

사방의 초목에서 뿜어나는 연초록 기운이 더없이 싱그럽게 느껴지지만, 한편으로 그것은 하루가 다르게 무성해지는 풀과의 전쟁을 예고하는 것이기도 합니다. 하나 위안거리라면 선돌이가 하도 돌아다니며 밟아대서 그런지 쑥과 개망초 등 힘 좋은 풀은 그대로지만 여린 풀들은 확연히 생장이 더뎌지고 있는 모습입니다. 이곳저곳 가리지 않고 제멋대로 돌아다니는 선돌이의 난행이 텃밭과 꽃밭만 망가뜨리는 줄 알았더니 때로는 도움이 되는 것도 있군요?

그저께는 텃밭으로 가는 길목에서 뱀을 한 마리 보았습니다. 산촌에 살면서 모기 깔따구 지네 등은 그러려니 하지만 뱀은 좀 거시기하지요? 이곳 생활을 시작한 이후 1년에 한 번씩 비슷한 지점에서 뱀과 조우하고 있는데요. 뱀이 일정한 지역에 정주하는 동물이라 매년 보는 녀석이 같은 녀석일까 궁금하지만, 그보다는 독뱀인지가 당연히 더 관심 사항이겠지요? 밖에 나갈 땐 장화를 신는 것이 버릇이 되었음에도 뱀은 좀 거시기합니다. 텃밭에도 자주 가보고 풀도 베야 하는데 말입니다.

수확철이 가까워진 매실은 씨알을 키우느라 마지막 에너지를 쏟아붓고

감꽃이 핍니다.

있습니다. 악양 매실은 5월 하순부터 수확이 시작되는데, 매실 농가에서는 올해 꽃 필 무렵의 추위와 최근의 이상 고온으로 작황이 부진할 거라는 걱정이 많은 듯합니다. 자미산방에도 200평 남짓 되는 매실밭이 있지만 내다 팔 목적으로 가꾸지 않으니 작황은 따질 계제가 못 되고 그럴 필요도 없습니다. 다만 해마다 지인들과 나눌 얼마간의 매실청을 담가 왔듯이 올해도 그 정도는 담글 요량입니다.

이 화려한 5월 봄날이 가기 전 뵙고 싶은 얼굴들이 떠오릅니다. 늘 평화로우시길 빕니다.

열 살 소년이 감꽃을 줍고 있습니다
2023년 5월 20일

어린 시절
앞산 뒷산 뻐꾹새 울면 감꽃이 피었습니다.
떨어진 감꽃 실에 꿰어 목걸이 만들어 목에 걸었습니다.
그러나 고픈 배 어쩔 수 없어
하나 둘 빼 먹다 보면
목걸이는 사라지고 배고픔만 남았습니다.
60년이 더 지나 다시 그 감꽃 앞에 섰습니다.
발 앞에 떨어진 감꽃 하나 주워 입에 넣어봅니다.
눈앞에서 열 살 소년이 감꽃을 줍고 있습니다.

7 선돌이

선돌이는 지난 1월 중순에 모셔온(?) 진돗개
수놈 강생이입니다. 선돌이는 처음부터 바깥에서
지내고 있습니다. 매서운 추위에 어린 것이
괜찮을까 내심 걱정도 많이 했습니다만, 혹한을
잘 견디어냈고 무엇보다 잘 먹고 잘 쌉니다.
사료도 잘 먹지만 홍시와 호박 찐 것을 특히
좋아하고 요즘에는 무 배추도 잘 먹는군요.

- 2023년 5월 24일

우리 강생이 '선돌이'

2023년 5월 24일

자미산방은 얼마 전 한 식구가 된 '선돌이' 덕분에 조용하던 일상이 조금은 수선스러우면서 활기가 더해지고 있습니다.

앞에서도 적었습니다만, 선돌이는 지난 1월 중순에 모셔온(?) 진돗개 수놈 강생이입니다. '강생이'를 강생이 이름으로 이해하는 분들도 간혹 계셨지만, 강생이는 강아지를 이르는 경상도 말이지요. 그 모습이 얼마나 귀여웠으면 옛 어른들이 사랑스런 아이나 손주를 강생이라고 불렀을까요? 어릴때 할머니도 저를 보고 "우리 강생이, 우리 강생이~"하고 불렀는데, 저는 그게 싫어 매번 투정을 부렸던 기억이 새롭습니다.

어미와 떨어져 이곳에 온 직후 며칠 동안 계속 낑낑거리며 울부짖는 통에 곁에서 보는 사람도 많이 힘들었던 때가 엊그제 같은데, 이제는 스스럼없이 이곳을 자신이 살아갈 터전으로 받아들이는 모습입니다. 새로운 환경에 빠르게 적응해가는 그 모습이 놀랍기도 하지만, 한편으로 어미로부터 삶의 지혜를 제대로 배우지 못한 채 홀로 이곳에 온 선돌이가 앞으로 어떻게 자신의 삶을 슬기롭게 살아갈지 궁금하고 조금 걱정도 됩니다.

선돌이는 처음부터 바깥에서 지내고 있습니다. 분양해주신 분께서 진돗개는 야성이 강하니 춥다고 집 안에 들이지 말고 처음부터 밖에 두라고 하셔서 개집에 담요와 어한에 도움이 될 만한 헌 옷가지를 넉넉히 깔아 놓았을 뿐입니다. 그 무렵 계속되는 매서운 추위에 어린 것이 괜찮을까 내심 걱정도 많이 했습니다만, 혹한을 잘 견디어냈고 무엇보다 잘 먹고 잘 쌉니다. 사료도 잘 먹지만 홍시와 호박 찐 것을 특히 좋아하고 요즘에는 무 배추도 잘 먹는군요. 시골 산골 강생이답게 이것저것 가리지 않는 먹성 덕분인지 이곳에 온 지 불과 석 달 남짓 되었을 뿐인데 덩치가 족히 두 배는 커진 것 같습니다.

똥을 하루에 대여섯 번 싸고 어떤 때는 10분 사이에 세 번 싸는 적도 있었습니다. 지금은 그 정도로 자주 싸지 않는 대신 굵기가 실해지고 있습니다. 처음에는 내가 보는 앞에서도 똥을 누었지만, 지금은 부끄러운지(?) 보이지 않는 외진 데 가서 누고 오기 때문에 주기나 회수는 잘 알 수가 없습니다. 다만 가끔 구석진 데서 발견되는 무더기를 보며 그렇게 짐작하는 것이지요.

선돌이는 될 수 있는 대로 자유롭게 살아가도록 할 생각입니다. 외출할 때면, 아직은 어려 혹시 주인 찾아 나섰다가 길 잃어버릴까 걱정되어 잠시 묶어둘 뿐, 그 외는 밤이고 낮이고 마음대로 나다니고 뛰어놀게 풀어놓습니다. 우리 사회에 보편화되어 있는 도회지 아파트 반려견 문화와는 결이 다르다고 할 수 있겠지요. 개도 나름의 지각이 있을 텐데 어찌 갇히고 묶이는 걸 좋아하겠습니까.

선돌이는 하루가 다르게 활동 반경을 넓혀가는 중입니다. 처음에는 겁이 나는지 조심조심 집 주위만 왔다 갔다 하더니 지금은 혼자서 제법 멀리, 그래봤자 채 100m도 안 됩니다만, 용감하게 나다닙니다. 같이 산책을 하다가도 틈나는 대로 오줌을 갈겨 영역?, 아니면 돌아올 길을 잊지 않기 위해 흔적을 남기고요. 어디를 가더라도 킁킁거리며 냄새를 맡거나 무슨 소리가 들리면 주의력을 집중하여 경청합니다. 어제는 주둥이와 앞발로 흙을 파헤치고 뭔가 묻는 짓을 하길래 가까이 가서 보니 어디서 물고 왔는지 나무에서 떨어져 곶감같이 말라버린 감을 파묻고 있었습니다. 진돗개는 고양이처럼 자기 똥을 파묻는다는 이야기는 들었지만…, 먹이를 파묻어 저장하는 여우의 유전자가 남아있는 것일까요.

저는 개와 관련하여 고통스런 기억이 하나 있습니다. 어린 시절, 1963년 초등학교 3학년 무렵으로 기억합니다. 집에는 제 허리춤까지 올라오는 개 두 마리를 키우고 있었습니다. 어딜 가나 양쪽에 한 마리씩 끼고 함께 가고 더불어 뒹굴며 노는 동무였습니다. 그런 두 녀석이 하루 한나절에 쥐약 먹고 죽은 쥐를 먹고 거품을 물며 고통스럽게 죽어간 것입니다. 그때는 나라에서 쥐 박멸 운동을 대대적으로 벌이면서, 학교 과제에 쥐꼬리 몇 개씩 잘라 가져오는 것도 있었고, 시골 개는 다 목줄 없이 키우던 시절이라 많은 개들이 독성 강한 쥐약에 무방비로 노출될 수밖에 없었습니다. 아무튼 죽은 개를 부둥켜안고 통곡을 했던 유년의 기억은 종종 지금도 선명하게 되살아나 마음을 어지럽히곤 합니다.

선돌이를 새 식구로 맞으면서도 그때의 기억이 되살아나 잘 키울 수 있을까 걱정도 되고 한편으로는 저 어린 생명을 거두는 공덕으로 그때의 고통스런 기억에서 벗어날 수 있기를 빌어보기도 했습니다. 선돌이가 건강하게 자라고 무탈하여 끝까지 동반자가 되고 자미산방의 든든한 지킴이가 되어주길 바라는 마음 간절합니다.

유박(油粕)을 아십니까?

2023년 5월 30일

외진 산자락으로의 귀촌과, 전원에서의 일상이 여유롭고 평온한 듯 보여도 때로는 예기치 못한 일로 당황스러운 순간을 맞기도 하고 일이 생각지도 않은 엉뚱한 방향으로 굴러가는 것도 다반사입니다. 자연에 무방비로 노출되고 자연과 함께하는 삶이다 보니, 굳이 비유하자면 루틴(routine)에 절은 도회지 일상에 비해 변주(variation)가 많은 삶이라고 해도 될까요. 멧돼지나 뱀 소동이 대표적이고 일전에 있었던 '유박(油粕) 소동'도 그런 변주 가운데 하나가 될 듯싶고요.

'유박'은 농사짓거나 꽃나무 기르는 분들은 익숙하지만, 일반에게는 다소 생소한 말일 텐데요. 한자를 아시는 분들은 대강 짐작할 수 있을 것입니다. 박(粕)은 지게미, 깻묵을 뜻하지요. 그러니 유박이란 참깨 들깨 콩 등으로 기름을 짜고 남은 찌꺼기를 말합니다.

이 찌꺼기가 이전에는 동물 사료로 많이 쓰였지만, 요즘은 대부분 유기질 비료로 만들어집니다. 먹을 게 귀하던 시절에는 식용으로도 쓰였는데 요즘 세대들은 상상하기 어려울 것입니다. 아무튼 유박은 역한 냄새가 없고 약간은 구수하기까지 한 데다 뿌리기도 편해 과수 농가는 물론이고 가정집에서 꽃나무 키우는 데도 많이 쓰입니다. 얼마 전 나도 지난해 심은 대봉감 묘목들의 성장을 북돋우기 위해 20kg 유박 두 포대를 사 와 그 일부를 묘목 주위에 뿌렸습니다.

일은 유박을 뿌린 날 저녁 무렵에 시작되었습니다. 선돌이의 움직임이 눈에 띄게 둔해지며 물도 사료도 일절 입에 대지 않는 것이 아니겠습니까. 평소에는 가리지 않는 왕성한 식욕에다 부르기만 해도 달려와 난리를 치던 녀석이 몇 번 불러서야 겨우 나와 꼬리만 살짝 흔들 뿐 다시 자기집에 들어가 눕는 것이었습니다. 걱정이 되었지만 하루 자고 나면 괜찮겠지 하고 그냥 두고 보기로 합니다.

다음날은 더 힘이 없고 축 늘어지길래 아껴둔 대봉감 홍시와 그렇게 좋아하는 호박 찐 것을 줘도 냄새만 한두 번 맡을 뿐 입을 대지도 않더군요. 병원에 데려가야 하나 하면서도, 별 다른 것을 먹이지도 않았는데… 이곳저곳 돌아다니다가 혹시 독성이 있는 풀을 뜯어 먹었나… 이런저런 생각이 이어지는 중에 언뜻 유박 비료를 뿌릴 때 옆에서 선돌이가 장난치며 유박을 주워 먹던 모습이 떠올랐습니다. 약간 고소한 냄새에다 형태도 색깔도 꼭 사료 같아서 그런가 보다 하고 적극적으로 못 먹게 하진 않았습니다.

마침 짬이 나 선돌이도 볼 겸해서 악양에 내려온 큰애 내외가 옆에 있어 선돌이가 유박 먹던 얘기를 했습니다. 바로 인터넷 검색을 하더니 유박에 독성이 강한 물질이 들어있고, 실제로 많은 반려견들이 유박을 먹고 심한 통증에다 피를 토하거나 죽음에 이르렀다는 글이 여럿 떠 있다고 하는 게 아니겠습니까. 시중에 팔리는 유박 비료는 대부분 비용을 낮추기 위해 인도산 아주까리(피마자) 부산물을 수입하여 만드는데, 아주까리 유박에는 '레신(recin)'이라는 독성 물질이 함유되어 있어 유통과 사용에 각별한 주의가 필요하다는 자료까지 보여주면서 말입니다. 순간 가슴이 철렁 내려앉았고, 선돌이가 유박을 주워 먹을 때 말리지 않았던 무심함을 자책했지만 이미 엎질러진 물이었습니다.

　물론 내가 수의사가 아니니 선돌이의 증상이 꼭 유박에서 비롯했다고 장담할 수는 없겠지요. 그러나 심중은 유박에 가 있습니다. 다행히 선돌이는 사흘째부터 기운을 차리기 시작했고 지금은 입맛도 거의 회복하였습니다. 전혀 생각지 못한 일로 많이 당황스러웠던 상황이 무사히 마무리되는 것 같아 가슴을 쓸어내렸지만, 한편으로 녀석의 강한 회복력이 고맙고 고마울 뿐입니다.

1년의 시간이 빚어낸 풍경들

2023년 6월 13일

성하(盛夏)로 가는 길목, 6월입니다.

　예초기 소리에 잠을 깼습니다. 시계를 보니 다섯 시가 조금 못 되었는데, 아랫마을 강 씨가 벌써 올라와 감나무밭 풀을 베는 모양입니다.

　아무런 가림막 없는 창을 통해 청신한 새벽 기운이 집 안으로 전해집니다. 망종(芒種)이 지났고 곧 하지, 지금이 일 년 중 해가 가장 길 때이니 농촌에서는 이보다 더 이른 시각에도 바깥일을 하는 게 일상이지요. 새벽잠이 없어진 나이에 예초기 소리 자장가 삼아 오지 않을 잠을 다시 청해 보지만, 어디 그것이 가당키나 하겠습니까. 게으름의 또 다른 모습일 뿐입니다.

어떻습니까? 수줍은 듯 화려한 엉겅퀴꽃입니다.

지난주에는 몇 가지 볼일이 있어 참 오랜만에 잠깐 서울 나들이를 했습니다. 근 다섯 달만의 출타여서 그런지 도회지 풍경이 사뭇 낯설게 다가왔고요. 거리를 가득 채운 사람과 차들은 바삐 오갔고, 곳곳이 시위와 교통 통제로 소란스러웠고 답답했습니다. 역동적인 우리 사회의 단면일 수도 있겠다 싶지만, 퇴행과 폭주를 거듭하는 정치 권력에 맞서 길 위에 나앉은 시위 군중의 외침을 들으며 이런저런 생각이 많았습니다. 선돌이를 맡길 때 스님은 느긋하게 일 보고 오라고 하셨음에도 딱 세 밤 자고 바로 내려왔습니다.

선돌이가 껑충껑충 뛰며 반기는 모습이 볼만했습니다. 주인이 떠나고 없는 나흘 동안 저 녀석은 무슨 생각을 하며 지냈을까 유추하는 것도 잠시, 밀려 있는 일거리를 처리하다 보니 일주일이 금세 지나갑니다.

때를 놓칠세라 서둘러 대봉감나무 방제약을 쳤습니다. 대봉감은 감꽃이 떨어지는 6월 초에 한번, 중순, 하순, 그리고 8월 초에 한 번씩 도합 네 번을 치는데요. 물론 더 많이 치는 농가도 있다고 들었습니다. 지난해까지는 얼마간의 수고비를 드리고 약 치는 일을 감 농사짓는 아랫마을 분에게 부탁해서 처리했지만, 올해부터는 약 치는 노고에 대한 보답으로 가을에 감 따는 일을 돕기로 약조를 했답니다. 일종의 품앗이인 셈이지요.

그저께는 매실을 따서 청(淸)을 담갔습니다. 자미산방에는 200평 남짓 야생으로 돌아간 매실밭이 있습니다. 여느 과수 농사가 다 그렇듯 제대로 수확을 하려면 가지치기, 거름주기, 방제, 풀베기 등이 필수인데, 대충 웃자란 가지만 잘라 주고 다른 작업은 일체 하지 않으니 당연히 씨알은 잘고 모양도 때깔도 빠질 수밖에요. 하지만 매실청은 매실의 크기가 아니라 야생성, 설탕의 품질과 담그는 이의 정성에 있을 테니…, 설탕은 비정제 유기농 제품을 썼습니다. 나무에 달린 채로 버려지는 매실이 아깝긴 하지만 그렇다고 달리 처리할 방도도 없는 데다 지난해 담근 청도 많이 남아 있어 올해는 매실 50kg을 담그는 데 머물렀습니다. 이 정도면 자미산방을 찾는 분들과 나눌 분량은 될 것입니다.

하나 아쉬운 일도 있습니다. 해마다 이 무렵이면 집 옆 왕대밭에서 죽순이 솟아오릅니다. 예년에도 죽순 철이 되면 멧돼지들이 가끔 와서 분탕질을 치며 파먹곤 했지만, 올해는 거의 매일 오는지 제가 찜할 기회를 주지 않는군요. 속으로 부아가 치밀지만 딱히 무슨 대책이 있는 것도 아니고요. 인간의 그악한 탐욕에 비한다면 멧돼지들은 양반 아닐까요? 어쨌거나 죽순 철이 좀 남았으니 기다려봐야겠습니다. 더불어 아쉬운 점은 멧돼지 쫓는 데 도움이 될까 해서 모셔온(?) 선돌이가 아직은 어려선지 전혀 도움이 되지 않는다는 사실입니다.

계절은 무심하여 자미산방은 하루가 다르게 녹음으로 짙어지고 있습니다. 그 중심은 대봉감나무입니다. 지난해 나무 꼬챙이를 꽂아 놓은 듯했던 50여 그루의 묘목들이 벌써 저만큼 자라 반짝이는 연녹색 잎을 펼치고 있는 눈앞의 풍경이 믿어지지 않을 만큼 매혹적입니다. 3년째가 되는 내년이나 내후년에는 꽃도 피고 감도 달릴 텐데요. 손가락 굵기의 어린 묘목이 자라 꽃을 피우고 열매를 맺는 과정은 상상만으로도 충분히 설레는 일입니다.

늘 보는 주변 풍광인데도 오늘따라 눈길이 가는 곳이 있어 카메라에 담아봅니다. 한 일주일 사이에 꽃을 피웠거나 필 준비를 하고 있는 영산홍과 수국, 원추리, 접시꽃 등입니다. 집으로 들어오는 길옆에 심은 덩굴장미는 꽃송이가 아직은 엄지손톱만 한데 그 작고 앙증맞은 자태가 참 이쁩니다. 엉겅퀴의 수줍은 듯 화려한 보랏빛 꽃색은 어떻습니까? 이 모두가 1년의 시간이 빚어낸 풍경들인데요. 그 풍경 속에는 초목이 나고 자라는 질서가 있고, 순환하는 생명의 신비로움이 있습니다.

"하늘의 그물은 성긴 듯하나…"

짙어가는 녹음에 한눈팔다 보니 어느덧 하지입니다.

1년 중 낮이 가장 길고 양기(陽氣)가 성한 날. 해가 쨍쨍 내려쬐이는 날씨가 연상되지만, 오늘따라 안개 자욱하여 사물의 형체는 흐릿하고 종일 가랑비가 오다 그치기를 계속합니다. 어젯밤부터 내린 비로 땅은 넉넉히 젖었고 텃밭의 작물과 주변 꽃나무들도 한껏 물기를 머금었고요.

일주일 넘게 코로나와 싸우느라 힘든 시간을 보내고 있습니다. 몸이 힘들면 마음도 피폐해지는지 지금처럼 만사가 귀찮고 손가락 하나 까닥하기도 싫었던 적이 없었습니다. 첫 백신 맞았을 때도 많이 힘들었으니, 코로나에 약한 체질인지 아니면 역설적으로 강한 체질인지, 이번에는 그때의 수준을 훨씬 뛰어넘는 완전히 다른 차원의 힘든 시간이 이어졌습니다. 병원에서 확진 후 팍스로비드(Paxlovid)와 진통해열제를 5일치 처방받아 시간 맞추어 복용했음에도 계속되는 두통 인후통에다 삭신이 녹아내리는 듯한 근육통, 무엇보다 입안에 소태를 씹고 있는 듯한 쓴맛의 고통이 심했습니다. 오늘은 그래도 운신할 만큼 회복되어 컴퓨터 앞에 앉아 쌓여있는 메일도 열어보고 밀린 숙제하듯 어디다 보내야 하는 글을 쓰고 있습니다.

바깥 사람들의 방문이 거의 없는 이 청정 산골에 웬 때늦은 코로나냐고요? 전말은 이렇습니다. 열흘 전쯤 서울 아차산 스님이 모처럼 내려오셨길래 원각사 스님과 점심 같이한 뒤 차담하고 헤어진 것이 시작이고 끝이었습니다. 다음 날 저녁 무렵 감기 몸살 증상이 있어 급한 대로 집에 있는 진통해열제를 먹었으나 아침이 되어도 차도가 없어 병원 가서 검사하니 결과는 확진. 두 스님도 확진. 확진되는 순간 뜬금없이 "하늘의 그물은 성긴 듯하나 놓치지 않는다(天網恢恢 疎而不漏)"는 〈도덕경(道德經)〉의 한 구절이 떠올랐습니다. 이 청정한 산골도 그 성긴 듯한 코로나의 그물망을 피해

갈 수 없다는 뜻일까요?

　그나마 다행스럽게도 안식구는 일이 있어 분당 올라간 뒤라 집 안에서 따로 격리해야 하는 불편함은 없었습니다. 아무튼 이번처럼 나이 들면 기력 떨어지고 병을 달고 사는 것이 일상일 텐데 그럴 때면 참 외롭고 힘들겠다는 생각에 잠시 슬퍼지기도 했습니다.

　일주일 넘게 집 안에서만 지내다 보니 바깥일이 많이 밀렸습니다. 대개 해도 그만 안 해도 그만인 것들이지만, 대봉감나무 방제약 치는 일만은 안 할 수도 미룰 수도 없는 노릇입니다. 약 치는 일과 감 따는 일 품앗이 약조를 한 분에게 연락해서 빠른 시일에 약을 치자고 부탁드렸습니다.

　텃밭에 나가보니 작물을 압도하는 풀의 기세가 장관입니다. 어제 오늘 비까지 왔으니 그 기세가 한층 탄력을 받을 텐데요. 풀 베는 일과 잔디 깎는 일도 그렇고, 봉선화 등 꽃나무 주변의 풀도 뽑아줘야 하고요, 돌아보면 다 일거리입니다.

　이 와중에 대구 사는 지인이 품종이 괜찮은 꺾꽂이 수국 모종이 좋은 가격에 나왔다고 알려왔길래 덜컥 스무 포기를 주문했습니다.

　선돌이는 여전히 왕성한 에너지를 뿜어내며 자유자재(自由自在)하고 있습니다. 한 가지 신경 쓰이는 일은 진드기를 너무 많이 달고 다니는 것입니다. 한 달 전 진드기 퇴치하는 데 도움이 된다는 목줄을 인터넷에서 구입하여 채워주었지만, 야생의 삶을 사는 탓인지 별 효과가 없습니다. 그러려니 하고 그대로 두든가 아니면 좀 더 강력한 약제를 뿌려줘야 할 것 같은데요. 기운 차린 뒤 읍내 동물병원에 가 상담을 해 볼 생각입니다.

　잠시 눈을 들어 창밖을 보니 비 맞은 대나무들이 이파리에 묻은 물기가 무거운지 축 늘어진 채 미동도 않습니다. 그 사이사이로 새 죽순이 껑충 자라 올라 대나무 형색을 갖추어가는 모습이 보입니다. 저렇게 새로운 생명이 탄생하고 계절이 가고 오는 것이겠지요. 그러고 보니 장마가 바로 코앞입니다.

녹차 한 잔 앞에 놓고

6월의 마지막 날입니다.

그제 어제에 이어 오늘도 비가 내립니다. 잠시잠시 잦아들기도 하지만 모양새가 쏟아지는 소낙비도 아니고 가랑비도 아닌, 말 그대로 여름 장맛비입니다. 창에 부딪는 빗줄기 소리에 불어난 계곡물 소리가 간간이 섞여 들릴 뿐, 사위는 비안개 속에 묻히고 산촌의 외딴집에 고요가 찾아들었습니다.

코로나 후유증으로 몸은 무겁고 돌아오지 않는 입맛으로 몸이 더 가라앉는 하루하루가 이어지고 있습니다. 어떻게 소식을 들은 지인들이 입맛 돋우는 먹을거리를 보내주고 쾌유를 비는 따뜻한 마음이 전해지고 있어 큰 힘이 되지만, 한편으로 무슨 악업(?)을 지었길래 이 청정 지역에서 때늦은 감염으로 이 난리를 치르는가 싶기도 합니다. 어쩌겠습니까, 이 또한 곧 지나가리라는 희망으로 힘을 내어보고 있습니다.

몸이 무거워도 일거리는 생기기 마련인가 봅니다. 어제는 지난주에 주문한 수국 모종이 배송되었습니다. 몸은 천근만근이었으나, 미룰 수도 없는 일인 데다 때맞추어 비도 잠시 그친 듯해서 서둘러 생각해둔 이곳저곳에 나눠 심었습니다. 모두 스무 포기인데요. Endless Summer 계열의 The Original 여덟 포기, Bloomstruck 여덟 포기, Twist and Shout 네 포기입니다. 북미산 수입종으로 추위에 강하고 꽃도 이쁘다고 하니 기대가 큽니다.

선돌이는 요즘 들어 부쩍 말을 안 듣고 있습니다. 지금까지는 똥도 외진 곳을 찾아 누곤 하더니 무슨 심통인지 최근 들어 이곳저곳 가리지 않고 방분(放糞)하는 통에 화가 잔뜩 나 있던 차 어제 수국 심을 때 포장지를 물어 뜯어 난장판을 만들면서 즐기는 꼴이 너무 미워 더는 참지 못하고 목줄을 채워 묶었습니다. 간헐적으로 짖거나 낑낑거렸지만 모른 척하고 잠자리에 들었는데, 아침에 일어나보니 어떻게 묶인 걸 풀었는지 거실 앞에서 꼬리를 흔들면서 "나 여기 있어요~" 하는 것이 아니겠습니까. 태어난 지 7개월, 한창 에너지가 넘쳐 감당이 안 될 때도 있으나 나름 열심히 삶의 지혜를 익혀가고 있는 자신을 너그럽게 받아주지 못하는 속 좁은 주인이 원망스러웠을 법도 한데, 내색 않고 반겨 맞는 선돌이가 외려 고마웠습니다.

오늘처럼 비 오는 날은 텃밭의 부추로 전을 부치고 상추 겉절이를 곁들이면 좋겠다는 지인의 카톡이 들어와 있군요. 그럴듯한 산촌 생활의 모습이지만, 지금은 다 귀찮습니다. 몸이 싫다는데 무얼 먹고 말고를 하겠습니까. 그냥 녹차 한 잔 앞에 놓고 하염없이 내리는 비를 바라보거나, 미동도 않는 빗속의 대나무 숲에 마음을 섞어 안식과 평화를 간구할 뿐입니다. 그런데 입맛은 그 감미롭고 배릿한 맛과 향으로 혀와 목을 축여주던 녹차의 기억마저 잊어버렸는지 차 맛이 이처럼 쓰고 텁텁한 적이 없었습니다.

이제 본격적인 장마철입니다. 시작부터 빗줄기가 만만찮습니다. 한동안 눅눅하고 무더운 날씨가 이어질 텐데, 뽀송뽀송한 잠자리가 많이 그리워지겠지요. 저야 뭐 산속이다 보니 눅눅한 잠자리보다는 하루하루가 다르게 쑥쑥 자라는 풀이 더 무섭습니다. 풀을 벤 지 일주일이 채 안 된 것 같은데, 벌써 발목을 덮고 정강이까지 올라오는 녀석들이 있으니까요.

잠깐 고개 들어 밖을 보니, 비는 소강 상태에 들었는지 비안개가 걷히면서 악양 들판과 그 너머의 구재봉이 눈에 들어옵니다. 순간 겸재(謙齋) 정선(鄭敾 : 1676~1759)의 〈인왕제색도(仁王霽色圖)〉가 떠오르고 비안개 걷힌 인왕산처럼 병석의 친구가 하루빨리 털고 일어나기를 염원하는 겸재의 화의(畫意)가 심상에 겹쳐지면서 몸과 마음을 억누르고 있던 답답함이 가시는 느낌을 받습니다.

목하 세상 돌아가는 꼴이 참으로 거시기합니다만, 그럴수록 강건하고 여유로우셔야 합니다. 짬 나면 자미산방에 오셔서 간단없이 내리는 장맛비 바라보며 차담을 해도 좋고요.

장마철입니다. 간혹 비가 그치고 비안개가 걷히면
악양 들판 너머의 구재봉이 눈에 들어옵니다.

장마가 길어질 징조일까요?

2023년 7월 10일

여러 날 동안 비 오다 그치기를 계속하더니 오늘은 모처럼 햇빛이 났습니다.
선돌이가 털갈이를 하는 통에 집 주변 곳곳에 털이 널렸습니다.
해바라기가 피었습니다.
능소화도 피기 시작했습니다.
Living Pinky Promise 수국은 흰 꽃색이 연분홍으로 바뀌고 있습니다.
올 들어 처음으로 거실에서 지네 한 마리가 발견되었습니다.
장마가 길어질 징조일까요?

선돌이는 지금 어디에 있을까요?

2023년 7월 24일

밤새 변고가 있었습니다.

잠결에 바깥에서 평소 들어보지 못한 무슨 소리가 들렸고 선돌이 소리도 섞여 들린 듯했습니다. 처음에는 비가 억수로 쏟아지니 빗물받이 홈통이 울리는 소린가 하다가, 아무래도 느낌이 이상해 자리에서 일어나 외등을 다 켠 뒤 플래시를 들고 집밖에 나가니, 세상에~ 멧돼지 몇 마리가 괴성을 지르며 선돌이를 일방적으로 밀어붙이고 있는 게 아닙니까. 반사적으로 현관에 놓아둔 작대기를 집어 들고 플래시를 흔들며 고함을 지르니 멧돼지들은 우루루 달아나더군요. 나중에 집에 들어와 시계를 본 것이지만, 이때가 세 시 반 무렵이었습니다.

선돌이는 가까이 가도 움직임 없이 가쁜 숨만 몰아쉬고 있었습니다. 축 늘어진 녀석을 두 팔로 안아다가 현관에 내려놓은 뒤 조심조심 몸을 돌려보니 몸에는 멧돼지한테 물려 찢어져 곳곳에 선혈이 낭자하고, 앞뒤 다리뼈가 하나씩 부러졌는지 제멋대로 너덜거렸습니다. 이 충격적인 눈앞의 상황에 너무 기가 막혀 숨도 제대로 쉬어지지 않았습니다. 비 쏟아지는 한밤중에 할 수 있는 것이라고는 조용조용 말을 건네며 다독여 안정시키는 것밖에 없었습니다. 시간이 좀 흐른 뒤 혹시나 먹을까 해서 평소 맛있어 하던 간식거리를 내밀었으나 먹지 않았고 물은 몇 모금 받아먹더군요. 한 시간 넘게 곁에서 지켜보니 조금 안정되는 것 같아 집 안에 들어와 휴대폰으로 근거리에 있는 동물병원을 검색하고, 골절 수술과 관련된 정보를 찾아보았습니다. 어찌되든 날이 밝는 대로 바로 병원으로 데려가야 한다는 생각뿐이었지요.

그렇게 한 이삼십 분을 보냈을까요? 어떻게 하고 있나 보려고 현관에 나가보니, 선돌이는 똥을 조금 싸 놓고 사라지고 없었습니다. 성한 두 다리만으로는 일어서기도 힘들 텐데, 만신창이가 된 그 몸을 끌고 어디로 갔을까 걱정하면서 집 주변과 함께 다니던 산책길 따라 계속 부르며 찾았으나 보이지 않았고, 지금이 아침 열 시인데 돌아오지 않고 있습니다.

속이 타는 듯 답답하여 원각사 스님께 전화해서 상황을 말씀드리니, 스님은 담담하게 "영리한 동물은 죽을 때가 되면 조용히 모습을 감춘다는 말이 있다. 다 인연 따라 왔다 가는 것이니 마음 편하게 먹고 기다려보자"고 하십니다. 그 말을 듣는 순간 가슴이 철렁 내려앉습니다.

폭우가 쏟아지는 이 시각에 선돌이는 어디서 무엇을 하고 있을까요? 어디 외진 곳에서 생의 마지막 순간을 준비하고 있는 것은 아닐까요? 그 불길한 생각을 애써 털어내고 있지만, 정신 줄 잡고 있기가 몹시 힘듭니다.

어린 생명이 죽음의 문턱을 넘어

2023년 7월 25일

어제 새벽 멧돼지 떼의 공격으로 만신창이가 된 선돌이가 사라진 이후, 혹시나 돌아오지 않을까 하는 일말의 기대감으로 이삼십 분 간격으로 현관문을 열고 밖을 확인하는 것 말고는 딱히 뭘 해볼 수 있는 것이 없었습니다. 아침부터 계속 비가 쏟아졌거든요.

다행히 쏟아지던 비가 오후 다섯 시쯤 그치길래 지푸라기라도 잡는 심정으로 장화 신고 작대기로 집 주변의 풀과 잡목을 헤치며 선돌이를 찾아 나섰습니다. 두 다리가 부러지고 온몸이 상처투성이였으니 그다지 멀리는 못 갔을 거라는 생각에다, 떠올리고 싶지 않았지만 어디 외진 곳에서 숨이 끊어져 있다면 정갈하게 묻어줘야겠다는 생각을 하면서요.

이름을 부르며 찾기 시작한 지 한 시간쯤 지났을까요. 집에서 직선으로 150m 정도 떨어진 거리에 감나무 과수원이 있는데요. 과수원을 둘러싸고 있는 녹차나무 울타리 밑에서 뭔가 살짝 움직이는 것이 눈에 들어와 가까이 가보니 선돌이었습니다. 다 망가진 몸에 먹은 거 하나 없이 온종일 비를 맞아 숨 쉬는 것도 힘들었을 텐데, 주인의 목소리를 듣고서 꼬리를 흔든 것이었습니다. 순간 반가움 원망 연민 등 온갖 감정이 격하게 뒤섞이며 울컥해지는 마음을 추스르기 힘들었습니다.

급한 김에 헌 패딩으로 싼 뒤 차에 싣고 와 현관에 내려놓고 보니 선돌이는 좀 심한 말로 숨만 붙어있는 고기 덩어리였습니다. 빗물에 절어 떨면서 약하게 숨을 쉬고 있는 녀석의 몸을 수건으로 조심조심 닦아 마른 데로 뉘였습니다. 한참이 지나서야 힘들게 눈을 뜨더니 꼬리로 인사하고선 다시 눈을 감더군요.

뭘 줘도 입도 대지 않아 속을 태우고 있던 차에 혹시 뭔가 도움 되는 말 한 마디라도 들을 수 있을까 해서 선돌이를 분양해주신 분(수십 년째 진돗개를 키우고 계십니다.)께 전화를 넣었습니다. 대충 상황을 들은 뒤 그분이 날계란을 한번 먹여보라고 권했습니다. "개가 날계란을 받아먹으면 살고 먹지 않으면 죽을 때가 된 것이다"는 옛사람들의 말을 언급하면서, 자신도 그 말이 들어맞는 경험을 몇 번 했다고 했습니다. 바로 날계란을 깨 접시에 담아 주었으나 먹지 않아 순간 낙담이 가중되었습니다만, 두어 시간 지난 뒤 혹시나 해서 다시 날계란 접시를 입 가까이 대주었을 때 두어 번 핥아 먹는 걸 보고선 희망의 끈이 끊어지지 않았다는 느낌을 받았습니다.

오늘 아침 서둘러 동물병원으로 갔습니다. X-ray 결과 뼈는 생각했던 것보다는 상태가 나쁘지 않다는 다소 긍정적인 소견이었고요. 가슴 갈비뼈는 이상이 없으나 부러진 다리뼈 부위가 사람의 발목에 해당하는 예민한 곳이어서 예후도 안 좋은 편이고 장애로 남을 수도 있다는 말을 듣는 순간 또 마음이 가라앉습니다. 일단 부러진 뼈 깁스부터 한 뒤, 멧돼지들한테 물려 살이 찢어진 몇 군데를 소독하고 봉합 수술을 추가로 받았습니다. 깁스는 석 달 뒤에 제거한다고 합니다.

선돌이는 집에 돌아 온 뒤 마취가 풀리면서 많이 낑낑거리더니 지금은 지쳐 잠이 들었습니다. 잠결에도 고통이 오는지 몸을 움찔거리거나 얼굴을 찡그리는 모습이 많이 안쓰럽지만 한편으로 죽지 않고 살아난 것만으로도 천행이라 여기며 안도하고 있습니다.

어제 오늘, 참으로 길고 힘든 시간이었습니다. 어린 생명이 죽음의 문턱을 넘어 살아나는 기적의 시간이었습니다. 앞으로 더 힘든 시간이 기다리고 있을지 모릅니다. 그 또한 선돌이가 살아가야 할 삶이고 저의 삶이기도 할 것입니다.

자미화가 피기 시작합니다

장마가 끝나니 폭염입니다.

이곳 악양 산골도 작열하듯 쏟아지는 한낮의 뜨거운 햇살이 만만찮습니다. 그래도 사람과 차, 도로와 건축물이 뿜어내는 열기가 없어 에어컨 켜지 않고 가끔 선풍기 돌리는 것으로 지낼 정도니 이것도 산골살이의 호강이라면 호강이겠지요.

육칠월은 시련의 계절인지, 생각지도 못했던 몇 가지 일로 힘든 나날이 이어졌습니다. 코로나 확진되면서 한 달 가까이 자리보전을 했고, 몸이 웬만해질 무렵 비 오는 밤 멧돼지 떼가 선돌이를 공격하여 죽음 직전으로 몰고 가는 변고가 있었습니다.

오늘이 선돌이가 동물병원에서 수술 받은 지 1주일이 되는 날입니다. 깁스한 앞뒤 두 다리와 멧돼지에 물려 찢어지고 피멍이 든 상처 부위를 볼 때마다 그날 그 절박했던 순간이 떠올라 몸서리치곤 합니다. 첫 며칠은 제대로 움직이지도 못하고 누운 채로 죽 몇 숟갈을 힘들게 받아먹던 것이 지금은 조심조심 일어서고 뒤뚱뒤뚱 걸을 정도로 회복해가고 있으니 얼마나 감사한 일인지 모릅니다. 그러나 입은 여전히 짧아 이것저것 챙겨줘도 한두 번 입을 대고는 고개를 돌리니…. 밥그릇을 앞에 놓으면 힘들게 일어나 앞다리로 상체를 받치고 바른 자세로 받아먹으니 그나마 위안이 됩니다.

어제는 선돌이가 현관에 누워 있는 것을 보고 예초기로 풀을 베러 나갔습니다. 한참 풀을 베다 뭔가 느낌이 있어 뒤돌아보니 선돌이가 바로 뒤에 와 있는 것이 아니겠습니까. 현관에서 대략 30m가량 떨어진 곳인데 그 아픈 다리로 어떻게 왜 거기까지 왔는지 가늠이 되지 않았습니다. 저녁 무렵에는 현관 반대편에서 잔디 풀을 뽑고 있는데, 또 거기까지 와서 내 모습을 확인한 뒤 뒤뚱거리며 현관으로 돌아가더군요.

자미화(배롱나무)는 자미산방을 지키는 꽃나무입니다.

오늘은 선돌이에게 정말 큰 진전이 하나 있었습니다. 어제까지는 현관에서 대소변을 받아냈는데요? 열심히 치우는 주인 모습이 안되어 보였을까요? 아니면 똥오줌 가리지 못하는 자신의 모습이 부끄러웠을까요. 아침에 현관문을 열어주니 온 힘을 다해 일어나 뒤뚱거리며 몇 걸음 걸어 나가 밖에서 소변을 보는 것이 아니겠습니까. 어찌나 고맙고 대견하던지…. 그러나 갈 길은 여전히 아득합니다. 발목 깁스를 석 달 지나 제거한 뒤 상태를 보아야 하거든요.

코로나 후유증으로 한 달 넘게 바깥일을 방치한 데다 선돌이 수발하느라 정신 줄 놓고 있는 사이에 일거리가 많이 밀렸습니다. 긴 장마로 풀은 자랄 대로 자라 가슴팍까지 올라오는 데도 있고, 텃밭은 아예 풀밭이 되어버렸습니다.

오늘은 작심하고 일어나 새벽 다섯 시 반부터 두 시간가량 풀을 벴습니다. 풀이 너무 무성해서 예초기 날을 새것으로 갈았는데도 날이 자주 풀에 감기는 바람에 작업 진도는 더뎠고, 땀을 바가지로 흘리고서야 대충 3분의 1 정도 끝냈습니다.

풀 베고 난 뒤 텃밭에 들렀더니, 작물은 온통 풀로 뒤덮였지만 밭 가장자리에 심은 호박이 힘차게 줄기를 뻗어내고 있어 큰 위안이 되었고요. 풀 속을 헤쳐 보니 그 무성한 풀 속에서도 토마토 고추 가지가 제법 실하게 달려 있어 감사하는 마음으로 따와 아침상에 올렸습니다.

장마가 징하게 이어지는 통에 소서(小暑) 대서(大暑)가 언제 지났는지도 모르게 지나갔고 곧 입추입니다. 그렇듯 여름은 끝을 향해가고 가을이 채비를 하고 있습니다. 그 계절의 흐름 속에 지난해 12월에 심은 자미화가 꽃을 피우기 시작하면서 자미산방의 마스코트 역할을 하고 있습니다.

자연의 질서는 한 치 어그러짐이 없어

2023년 8월 14일

이른 새벽, 풀벌레 소리에 잠이 깼습니다.

늘 그렇듯 산촌의 하루는 잠자리에서 적당히 게으름을 떠는 것으로 시작됩니다. 자리에 누운 채 대중없이 하루 일과를 계획해보기도 하고 혹여 빠트린 일이 있나 없나 챙겨보는 시간이기도 한데요. 날짜를 꼽아보니 어느덧 8월하고도 중순입니다.

지난 한 달여는 긴 장마와 뒤이은 폭염, 태풍에 더해 연일 터져 나오는 황망한 사건 사고 소식에 하루도 마음 편한 날이 없었습니다. 끝이 보이지 않는 퇴행에다 폭주하는 국정에 절망한 나날이었습니다.

그 온갖 욕망과 무질서로 들끓는 인간 사회와는 달리 자연의 질서는 한 치 어그러짐이 없어 입추가 지나고 처서가 눈앞이니 폭염도 한풀 꺾이는 모양새입니다. 아침저녁으로 제법 선선함이 느껴지지만, 한낮의 뜨거운 햇살은 여전하고 그 속을 휘젓는 고추잠자리 날갯짓이 바빠 보입니다. 뜨거운 햇살 너머로 가을이 오고 있음을 알리는 전령사의 몸짓 아닌가요?

세상과 거리를 두고 있는 자미산방의 일상은 무덤덤하게 계절의 흐름을 따라가고 있습니다. 형제봉 산색과 주변 초목이 성하(盛夏)의 심록(深綠)을 지나 엷은 황록으로 바뀌며 가을을 맞을 채비를 하고요. 이곳저곳에 풀과 어우러진 봉선화 금잔화 백일홍 코스모스도 각각의 가을을 준비하고 있습니다. 일찍 꽃을 피운 봉선화는 주렁주렁 씨주머니를 만들고, 뒤이어 코스모스가 간간이 꽃을 피우기 시작하고요. 정작 정성 들여 심고 가꾼 해바라기는 긴 장마에 햇볕을 양껏 받지 못한 탓인지 제대로 꽃을 피우지도 못한 채 시들어가고 있습니다.

풀꽃과는 달리 긴 장마와 폭우, 폭염을 전혀 마다하지 않은 녀석들은 대봉감나무입니다. 지난해 2월에 묘목을 심은 것들인데요. 첫해는 뿌리내리고 자리 잡느라 잠잠한 듯하더니 올 봄과 여름을 지나면서 왕성한 성장력을 보이며 아이 팔목 굵기로 자란 녀석들도 몇 있습니다. 심을 때는 나무 꼬챙이를 꽂아 놓은 모습이었는데, 벌써 이렇게 자랐으니…. 초목의 나고 자람이 이처럼 경이롭습니다. 그러나 태풍 6호 카눈 때 자두나무 두 그루가 쓰러지는 안타까운 일도 있었습니다. 급한 대로 일으켜 세운 뒤 웃자란 가지를 대충 자르고 대나무로 지지대를 해 놓았습니다만, 서둘러 좀 더 튼튼한 지지대를 세워야 할 성싶습니다.

텃밭 상황은 지난번에 잠깐 얘기했던가요? 장마와 폭우로 풀밭이 된 텃밭을 다시 정리하여 가을 채소 농사를 준비해야 할 때가 다가오고 있습니다. 씨앗 사러 들른 종묘상 사장이 파종하기에 조금 이르다고 했지만 어제 한 고랑을 일구어 무 배추 씨를 넣었습니다. 대략 열흘 간격으로 두 번 더 씨를 넣어 어떤 차이가 있는지 살펴볼 요량입니다.

아 그리고 며칠 전에는 계곡 가의 개복숭아를 따서 청(淸)을 담갔습니다. 조금 늦었다 싶지만, 튼실하게 달려있는 개복숭아를 그냥 두고 버리기가 뭣하여 고민하던 차에 마침 매실청 담그고 남은 비정제 설탕이 한 자루 눈에 뜨이길래 바로 실행에 옮겼습니다. 설탕 10kg에 개복숭아 12kg.

오늘도 선돌이 이야기로 마무리합니다. 선돌이가 멧돼지 떼의 습격을 받은 날이 지난 7월 24일, 병원 데려가고 수발하다 보니 어느새 3주가 지나고 있습니다. 사경을 헤매던 녀석이 빠른 회복세를 보이면서 지금은 차려주는 밥도 잘 먹고 원기를 되찾아가고 있습니다. 고맙기 이를 데 없지만, 좀 가만히 있어야 깁스한 뼈가 제대로, 빨리 붙을 텐데요. 며칠 전부터 어느 정도 거동이 가능해지자 밖에 나가 자력으로 똥오줌을 가리기 시작하면서 행동반경이 넓어지고 당연히 움직임도 늘어나 걱정이 많습니다. 오줌은 내가 보는 앞에서도 누지만, 똥은 꼭 보이지 않는 데 가서 누는지라 성한 두 다리만으로 뒤뚱뒤뚱거리며 외진 곳으로 똥 누러 가는 모습을 보는 집사의 심사는 복잡합니다.

그저께는 선돌이가 기어이 제 입으로 앞다리 깁스한 것을 물어뜯어 벗겨 버린 일이 있었습니다. 넥칼라를 목에 채웠는데도 상처 부위를 핥거나 깁스를 물어뜯는 녀석의 비상한 재주는 어디서 나오는 건지…. 바로 병원 데리고 가 깁스를 다시 해줘야 할 상황이나 병원이 광복절인 15일까지 휴무라, 애끓으며 16일을 기다리고 있습니다.

　새벽녘에 안개가 자욱한 걸 보니 오늘도 많이 더울 모양입니다. 어린 시절 여름철에 새벽녘 노을이 붉거나 안개가 짙은 날이면 무척 덥다고 하시던 어른들의 말이 떠오릅니다. 기억에 그 말이 어긋난 적은 없었습니다.

8

가을
악양

텃밭에서는 서리 내리기 전 결실을 남기려는
작물들의 분투가 경이롭습니다. 아기 손가락
크기의 고추가 주렁주렁 달리고, 진작에 다 큰
호박은 느릿느릿 늙어 가는데, 때늦게 생겨난
애호박이 온 힘을 다해 덩치를 키우고 있는
모습이 안쓰럽고 귀엽습니다. 어른 손가락
굵기의 가지도 결실의 꿈을 버리지 않은 듯
하고요. 무와 배추도 따가운 가을 햇살 받으며
부지런히 뿌리와 잎을 키우고 있습니다.

– 2023년 11월 1일

자고 나니 가을

어제에 이어 오늘도 추적추적 비가 내립니다. 내일도 모레도 비가 예보되고 있고요. '가을장마'가 길어지는 모양새입니다.

비에 젖은 대나무들이 우죽(雨竹)의 미학을 연출하고 계곡 물소리가 산촌의 서정을 더하지만, 그나저나 지금은 한창 따가운 햇살을 받아 곡식이 영글고 과실이 부지런히 씨알을 키우며 맛을 더해 갈 때인데요. 불청객 가을장마를 앞에 두고 농사 걱정을 해도 부족할 판에 대나무 숲 위로 내리는 비를 바라보며 간절기의 감성에 젖어드는 자미산방 주인은 참 한심한 촌부임이 분명합니다.

자고 나니 가을이라더니 아침저녁으로 많이 선선해졌습니다. 처서가 지난 지 여러 날 되었으니 날씨가 선선해지는 것은 자연스런 이치인데 아직은 그런 변화를 떠올리는 게 어쩐지 좀 새삼스럽습니다. 그만큼 여름의 폭염이 뜨거웠다는 의미일까요? 가는 여름 아쉬워하는 풀벌레 소리 요란하고, 산색 풀색에도 가을빛이 묻어나고 있습니다.

자미산방의 일상은 여여합니다.

그저께는 몇 가지 살 것도 있고 바람도 쏘일 겸해서 하동장에 나갔습니다. 햇고구마 조금 사고 예초기 가게도 들르고, 선돌이가 좋아하는 건빵도 넉넉히 샀습니다. 선돌이 얘기가 나왔으니, 며칠 전 지인이 수입산 개껌을 한 봉지 사 주셨습니다. 글루텐-free GMO-free이니 나름 고급품(?)인데, 녀석은 입맛에 맞지 않는지 몇 번 깨물고서는 더 이상 관심을 보이지 않는군요. 신토불이? 지리산 자락의 야생에 익숙한 녀석의 당연한, 아니 당당한 처신이라고 생각합니다.

어제는 오는 비에 맞추어 지난번에 뿌리고 남은 무 배추 상추 씨를 마저 뿌릴까 하다가 그만두었습니다. 예보된 강우량이 상당하여 혹여나 뿌린 씨앗이 빗물에 휩쓸려 갈까봐 괜한 걱정을 하면서…. 게으름에는 늘 핑계가 따르는 법이지요. 대신 그동안 틈나는 대로 해오던 풀 베는 일을 끝내고 나니 속이 시원합니다.

풀을 뽑거나 베는 일은 산촌 생활의 상당한 비중을 차지합니다. 하루가 다르게 자라는 풀이 때로는 눈을 시원하게 해주기도 하지만, 심적 부담으로 다가올 때도 많습니다. 다행히 한두 해 하다 보니 예초기 다루는 솜씨도 늘고 작업을 어떻게 진행해야 할지 다소간의 요령도 생겼습니다. 처서를 지나면서 풀 자라는 속도가 눈에 띄게 둔화되고 기세도 약해지고 있으니 앞으로 두 번 정도 더 베면 올해의 풀베기도 끝날 것입니다. 그리고 한 가지 사건이라면 사건이랄 수 있는 일이 발생했는데요. 풀 베는 중에 뱀 한 마리가 예초기 날에 걸려 비명횡사하는 일이 있었습니다. 몸통에 짙은 갈색 고리띠를 두른 것으로 보아 살모사?, 아니면 까치독사 같았는데, 기분이 영 찜찜했습니다.

주말에는 대봉감 방제약을 쳤습니다. 마지막이자 네 번째 방제는 통상 8월 초에 하는데, 올해는 긴 장마로 약 칠 시기를 잡지 못해 적잖이 늦어졌습니다. 이번 방제는 살충보다는 감에 영양분을 공급하는 잎이 떨어지지 않게 하는 것이라고 하니 그런가 보다 하지요.

마을에서 감 농사 하는 분들 얘기 들으니 올해 대봉감 작황이 엄청 좋지 않을 모양입니다. 지난해는 너무 많이 달리는 바람에 보관 창고가 부족하여 따지 않고 그대로 버려둔 농가도 많았고, 자미산방에서도 급한 대로 대나무를 베어와 휘어져 땅에 닿는 가지를 받쳤는데요. 한해 상간에 대풍에서 대흉으로의 급반전에 직면하고 있는 농부들의 상심이 어느 정도일지 짐작조차 하기 어렵습니다. 긴 장마와 기록적인 폭염이 작황에 주는 영향도 적지 않겠고 감이 해거리를 하는 탓이라지만, 자연은 그렇게 순환하며 인간의 욕심을 경고하고 조절하는 것이겠지요? 지금이 8월 말이니 두 달 남짓 있으면 온 악양이 주홍색 대봉감으로 물들게 되는데요. 부디 평년작이라도 유지되어 그 풍요로운 풍광을 편한 마음으로 바라볼 수 있기를 바랄 뿐입니다.

오늘도 쓰고 보니 참 한가하고 시부적한 일상의 얘기들입니다. 하루하루를 치열하게 살아가는 분들에게 혹여 불편하게 들리지 않을까 조심스럽습니다. 하루라도 남에게 상처 주는 말을 하지 않으면 입속에 가시가 돋아나는 듯, 온갖 폭력적인 말을 쏟아내는 세상인데, 저 또한 거기서 어찌 자유롭다고 하겠습니까. 바라건대 그 업(業)을 조금이라도 씻을 수 있을까 해서 이 노둔한 글쓰기를 이어가고 있는 것이겠지요. 책에 담긴 자미산방의 일상과 그 속에 녹아있는 촌부의 평정심이 부디 소통과 공감의 단초가 되었으면 하는 마음 간절합니다.

"꽃무릇 피고지면 밤 줍기가 시작된다"

2023년 9월 24일

한차례 비 온 뒤 찾아온 청명한 가을날, 하늘은 몹시 푸르고 바람에 흔들리는 대나무 숲의 율동에 무한의 여유와 평화로움이 실려 있습니다.

선돌이와 아침 산책 나갔더니 여기저기 피었던 꽃무릇은 거의 다 지고 밤송이가 드문드문 떨어져 있었습니다. 어린 시절 "꽃무릇 피고지면 밤 줍기가 시작된다"던 어른들 말씀이 생각나고, 더불어 초목이 변해가는 모습을 보며 농사 절기를 가늠하던 옛사람들의 지혜가 새삼 감탄스럽게 기억되었습니다.

추석을 며칠 앞두고 막바지 벌초하는 예초기 소리가 들립니다. 아마도 조상묘 벌초는 진작에 끝냈을 텐데, 지금 저 예초기 소리는 도회지 사람들의 벌초를 대행하는 소리가 아닐까 합니다만…. 어린 시절, 추석 코앞에 벌초 가는 이를 보고 혀를 끌끌 차던 마을 노인의 불편한 안색이 그때는 이해가 안 되었지만 지금 생각하니 저 예초기 소리처럼 때늦은 벌초를 나무라는 무언의 훈계였음을 알겠습니다.

어제는 오랜만에 구례장에 갔습니다. 추석 바로 밑이라 사람도 많았고 물건도 많았지만, 오른 물가에다 부진한 경기 탓인지 명절을 앞둔 대목장치고는 조금 가라앉은 듯했습니다. 마음 같아서는 느지막한 시각, 장꾼들이 벌려 놓은 난전의 물건들을 주섬주섬 챙길 무렵 파전에 막걸리 한잔 걸치면서 그 설렁한 파장 분위기를 느껴보고 싶었는데요. 이제는 그런 파장 분위기도 옛말인 듯싶습니다. 진도 자연산 미역이랑 필요한 것 몇 가지 사고, 구례군의 지원을 받아 운영하는 청년가게에서 멸치국수 먹는 것으로 추석 장보기를 끝냈습니다.

돌아오는 길에 구례 광의면의 천은사(泉隱寺)에 들렀습니다. 초가을 따가운 햇살이 극락보전 깊숙이 들어와 있었고, 그 위에 걸린 이광사(李匡師 : 1705~1777, 조선 영 정조 때의 문인이자 서화가)의 기교 가득한 현판 글씨를 보며 250년의 세월을 회상했습니다. 오랜만에 주지 스님과 차담하며 선문답 나누고, 경내도 한 바퀴 돌았더니 가을 산사의 안온함이 가슴에 가득 담아지는 느낌입니다.

돌아오는 길, 화개를 지나 악양 땅에 들어서니 늘 오가며 보던 익숙한 풍경인데도 오늘따라 별난 아름다움으로 다가오는 것이 있습니다. 곳곳에서 발갛게 물들어가고 있는 대봉감입니다. 풍광은 예년 그대로지만 안타깝게도 올해는 대봉감 작황이 너무 안 좋습니다. 나무에 달려 있는 감보다 떨어져 물러지고 있는 것이 더 많을 정도이니, 그 모습을 애써 외면하는 농부들의 속은 까맣게 타 숯이 된 지 오래입니다. 기록적인 긴 장마와 이상 고온에다 지난해의 풍작에 이은 해거리가 겹친 탓이라고 합니다만, 말 없는 자연의 그 깊은 속을 누가 알 것이며 묵묵히 순응하는 감나무의 속마음 또 어찌 알겠습니까.

텃밭의 무 배추는 비도 넉넉히 오고 해서 그런대로 생기를 품고 있습니다. 그러나 잎은 구멍이 숭숭 뚫려 성한 데가 없으니 발육은 더딜 수밖에요. 그 잎에 의지해 살아가는 많은 미물들이 있음을 이해하려 하지만 마음이 편치 않은 것도 사실입니다. 그나마 호박이 줄기 곳곳에 풍성한 결실을 맺어가고 있어 큰 위안으로 삼을 만합니다.

선돌이는 거의 회복되어 잘 먹고, 잘 뛰어다닙니다. 부러진 앞다리 뼈가 조금 삐뚜름하게 붙어 마음이 아프지만 일상생활에 별문제 없을 정도가 된 것 같아 한시름 놓고 있습니다.

그런데 선돌이가 오늘 아침 나절에 또 일을 벌인 모양입니다. 함께 산책한 후 혼자서 마을로 내려가는 길로 걸어나가길래 심심해서 마실이라도 가나보다 하고 그냥 두었는데, 얼마 지나지 않아 집에서 좀 내려간 아래쪽에서 개들이 싸우는지 격하게 짖는 소리가 들리고 선돌이 소리도 섞여있는 듯했습니다. 소리는 한동안 계속되었고 한참 뒤에 돌아온 선돌이의 꼴이 말이 아니었습니다. 온몸이 흙투성이였고 앞다리에는 핏자국에다 작은 상처까지 나 있었고요. 아까 그 소리는 아랫집 개와 싸우는 소리였음이 분명했습니다. 지금까지는 동네 개들과 잘 지내왔는데…, 좀 답답하고 걱정도 됩니다. 개 사회에서도 호불호가 있고 가까운 친구가 있으면 제압해야 하는 적도 있기 마련일까요. 그 적을 향해 오늘 드디어 선돌이가 싸움을 건 것으로 보입니다만, 벌주는 셈 치고 묶어 놓으니 낑낑거리다 지금은 현관에서 배 깔고 자고 있습니다.

어쨌든 햇밤 맛은 봐야겠기에 서둘러 아침 산책길에 주워온 밤을 솥에 안쳤습니다.

"꽃보다 단풍"

10월도 어느덧 중순으로 접어들고 있습니다.

찬 이슬이 맺힌다는 한로(寒露)가 그저께였던가요? 새벽녘의 자미산방은 기온이 10도 수준으로 내려가 얇은 홑이불로는 부족하다 싶을 정도로 냉기가 느껴집니다. 그래도 한낮에는 20도를 넘어서면서 햇살은 따사롭고 선선하기까지 하니 뭘 해도 좋을 날씨입니다.

이 청명한 가을 날씨에 몸도 마음도 들뜨는지, 집 안에 있질 못하고 선돌이와 함께 자주 주변을 나돌아 다닙니다. 곳곳에 피어난 취나물 쑥부쟁이 고들빼기 물봉선 꽃을 보며 그 수수한 자태에 한눈팔다가, 가을빛 짙어가는 형제봉 산색에 끌려 한참을 올려다보기도 합니다.

악양 들판은 가을걷이가 시작되었습니다. 대봉감도 한껏 주홍빛으로 물들었고요. 이 달 말쯤 악양 온 마을 마을이 대봉감을 따는 풍요로운 정경이 기다려집니다. 한 가지 안타까운 소식도 있습니다. 해마다 11월 첫째 주말에 열려 왔던 '악양대봉감축제'가 취소되었다는군요. 감 작황이 지난해의 절반도 되지 않아 행사를 치를 물량 확보도 어렵다는 게 주된 이유라고 하니 농부들의 심정이야 오죽하겠습니까.

자미산방의 상황도 별반 다르지 않습니다. 가을 나들이 겸해서 감 따러 오겠다는 지인들이 여럿인데 감 없는 감 따기가 될까 봐 걱정입니다. 그렇다고 오지 말라고 할 수도 없는 일이고요. 다 하늘이 하는 일이니 긍정하고 좋은 날이 오기를 기다려야겠지요.

오랜만에 녹차밭을 둘러봅니다. 군데군데 노란 수술의 하얀 녹차꽃이 피어나고 있습니다. 녹차꽃은 10월 한 달여 동안 피고지고 할 텐데요. 찻잎 뒤에 숨어 수줍게 피어나는 그 은근하고 수수한 자태가 참 보기 좋습니다. 하나 특이한 점은 꽃이 피는 동안에 한쪽에서는 씨앗 껍질이 벌어지면서

씨가 땅에 떨어지고 있는 모습입니다. 지금 떨어지는 씨는 지난해 이맘때 핀 꽃에서 비롯한 것이니, 이로써 1년의 시간에 걸쳐 꽃이 피고 씨앗 맺어 나무에 달려 있다가 자신을 이을 꽃이 피는 걸 확인하고서야 비로소 흙으로 돌아가 새로운 생명으로 거듭날 준비를 하는 것이지요. 짬 나는 대로 떨어져 있는 차씨를 주워 집 들어오는 길가에도 넣고 화분에도 넣어볼 생각입니다.

텃밭의 무 배추도 많이 자랐습니다. 8월 말에 씨 뿌리고 모종을 내었으니 한 달 보름이 지났군요. 그동안 간간이 비가 온 덕분에 무 줄기는 그런 대로 괜찮은 상태지만, 배춧잎은 벌레 먹어 곳곳에 구멍이 숭숭 뚫렸습니다. 김장용은 못 되더라도 아쉬운 대로 솎아서 겉절이도 하고 된장국 끓이면 그것으로 충분할 것입니다.

가을은 역시 단풍의 계절입니다. "꽃보다 단풍"이라 하던가요? 만산홍엽으로 산이 물들고 물이 물들고 사람 얼굴이 물드는 그 단풍의 시간이 다가오고 있습니다. 어제 오늘 뉴스에 설악산 정상부에 올 첫 단풍이 들었다고 하지요? 보름쯤 있으면 이곳 지리산에도 단풍이 시작될 텐데요. 남도의 단풍 명소 피아골은 10월 말에서 11월 초가 되면 단풍이 절정에 이릅니다. 악양에서는 마실 나들이하듯 갈 수 있는 곳이니, 이 또한 이곳으로의 귀촌이 선물한 여분의 복이 아닐는지요.

오늘은 모처럼 자미산방에 귀한 손님들이 오십니다. 한국주거학연구회 회원 여섯 분이 오셔서 1박할 예정인데요. 다들 주택 설계와 주거 환경 분야의 전문가들이라 자미산방의 건축 조경과 인테리어에 대해 어떤 평가를 내릴지 궁금하고 불안(?)합니다. 저야 뭐 편한 마음으로 직접 만든 녹차도 대접하고 집 옆으로 지나가는 지리산 둘레길도 얼마간 함께 걸으며 깊어가는 악양의 가을을 안내할 생각입니다.

문밖에서 선돌이가 산책 가자고, 같이 놀자고 긁어대고 있습니다.

1년의 기다림, 첫 수확

오늘 처음으로 표고버섯을 땄습니다.

　지난해 이맘때 표고버섯 재배용 참나무를 들여와 집 뒤 밤나무 숲속에 세웠다는 얘기는 앞에서 했던 것 같은데요. 그 표고목에서 드디어 버섯이 자라나기 시작했고 오늘 첫 수확의 기쁨을 맛보았습니다. 지난주 밤 주울 때만 해도 버섯이 자라나는 별다른 낌새가 없었는데, 일주일 사이에 확 자라 갓이 피어버린 것도 몇 개 있고요. 표고목을 돌려가며 조심조심 버섯 따는 재미가 쏠쏠했고 생각보다 수확량이 많아 흡족했습니다.

　1년의 기다림, 첫 수확. 흥분하고도 남을 만한 일입니다.

　몇 개를 썰어 올리브기름에 살짝 데치듯 볶은 뒤 소금 찍어 맛보니 향이 아주 진합니다. 마침 점심때가 되어 표고버섯 넉넉히 썰어 넣고 라면을 끓였는데 이 맛도 훌륭합니다. 첫물 수확인 데다 자연 상태의 노지 재배이니 당연히 맛과 향이 좋을 거라 생각도 들지만, 사람이 조금만 정성을 기울이면 자연은 이처럼 큰 선물을 주는구나 하는 생각에 마음이 한결 여유로워집니다.

　이 주체하기 힘든 첫 수확의 기쁨을 나누기 위해 1kg씩 담아 이곳 생활을 시작할 때부터 성원을 아끼지 않은 몇 분에게 택배로 보냈고 이웃에도 조금씩 돌렸습니다. 왜 나한테는 안 보내느냐? 서운해 마시고, 재촉도 하지 마십시오. ㅎㅎ. 앞으로 버섯은 계속 자랄 것이고 따는 대로 조금씩이라도 나눌 생각이니 언젠가 기회가 오겠지요? 인간의 기대가 자연의 시간을 앞설 수는 없는 법이니까요.

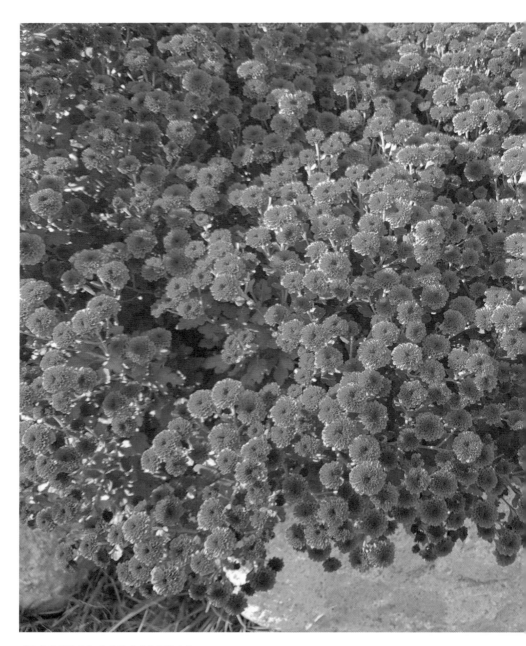

자주색 국화입니다. 올해의 마지막 꽃입니다.

조만간 서리가 내릴 텐데…

2023년 11월 1일

가을이 깊어가고 있습니다.

섬진강 물색도 형제봉 산색도 가을빛으로 짙어졌고, 그에 뒤질세라 자미 산방의 이곳저곳도 속속들이 깊어가는 가을 풍경으로 채워지고 있습니다.

오늘따라 유난히 맑고 푸른 쪽빛 하늘, 올려다보는 눈이 부시다 못해 시립니다. 그 쪽빛 하늘 아래 사람도 집도 초목도 가을 햇살에 온몸을 내맡긴 채 고요 속에 잠겨들었고 간헐적으로 지저귀는 산비둘기 소리가 한낮의 정적을 깨트립니다.

거실 앞 화단에는 올해의 마지막 꽃 국화가 피고 있습니다. 밤톨만 한 자주색 꽃송이가 포도송이처럼 맺히기 시작했고 노란 산국(山菊)도 무리지어 피고 있습니다. 7월에 피었던 치자꽃은 꽈리 같은 열매를 맺어가고 있는데 언뜻 보면 그것이 꽃 같아 보입니다. 마당 잔디가 가을색을 띠기 시작한 지 제법 되었고, 무성하던 풀과 칡덩굴도 찬 이슬 몇 번 맞으면서 조용히 시들어가고 있습니다.

텃밭에서는 서리 내리기 전 결실을 남기려는 작물들의 분투가 경이롭습니다. 아기 손가락 크기의 고추가 주렁주렁 달리고, 진작에 다 큰 호박은 느릿느릿 늙어 가는데, 때늦게 생겨난 애호박이 온 힘을 다해 덩치를 키우고 있는 모습이 안쓰럽고 귀엽습니다. 어른 손가락 굵기의 가지도 결실의 꿈을 버리지 않은 듯하고요. 무와 배추도 따가운 가을 햇살 받으며 부지런히 뿌리와 잎을 키우고 있습니다. 조만간 서리가 내릴 텐데…, 이들의 분투를 열심히 응원하고 있지만, 그 또한 순환하는 자연의 한 부분일 테니 어찌 안달하거나 조바심을 내겠습니까.

한편에서는 대봉감이 온 마을을 주홍빛으로 물들이고 있습니다. 이번 주말이면 본격적인 감 따기가 시작될 텐데요. 그나저나 올해는 일찍이 겪어

8 가을 악양   183

보지 못한 대흉작이어서 꼭 초벌 따기를 끝낸 것 같이 썰렁함이 느껴지는 감나무의 빈 가지가 보는 이의 마음을 아프게 합니다.

자미산방의 대봉감 작황은 더 절망적입니다. 지난해는 집 주위에 있는 여덟 그루의 대봉감나무 가지가 휘어지고 부러질 정도로 많이 달려 지인들에게 보내고도 남아 말랭이도 만들고 식초도 넉넉히 담갔는데, 올해는 거진 다 떨어지고 얼마 남아 있는 것도 나무에 달린 채 시나브로 홍시가 되어가고 있습니다. 나무에 달린 홍시를 새들과 사이좋게 적당히 경쟁하며 하나씩 따 먹는 재미가 없는 건 아니지만, 나눌 형편이 안 되니 많이 아쉽습니다. 궂은 날이 있으면 맑은 날도 있듯이, 내년의 풍작을 빌어볼 뿐입니다.

그 아쉬워하는 마음을 아는지 모르는지 선돌이는 신이 나 막 뛰어다닙니다. 산책길 주변이 대봉감나무밭이고 좋아하는 홍시가 여기저기 떨어져 있어 그럴까요? 저러다가 당뇨(?) 걸리는 것 아닌가 걱정도 되지만, 그냥 두고 보고 있습니다. 하나 재미있는 것은 선돌이가 홍시를 주워 흙 속에 파묻거나 자기만의 비밀 공간에 갈무리하고 있는 모습입니다. 먹잇감을 숨겨두는 행태는 여우나 다람쥐 등의 본성인 줄 알았는데, 선돌이도 그런 짓 하는 걸 보며 한편으로 신기하고 한편으로 금방 물러지고 초가 될 홍시를 왜 묻을까 쓸데없는 걱정을 하기도 합니다.

선돌이도 저렇게 열심히 가을걷이(?)하여 겨울을 준비하는데, 텃밭의 고추를 따 냉동고에 얼리고 호박고지도 만들어야겠습니다. 차담상에 올릴 대봉감 말랭이도 얼마간은 만들고요.

눈을 돌려 밖을 내다보니 선돌이는 또 어디 풀 속을 열심히 돌아다니다 왔는지 온몸이 풀씨로 범벅인 채 거실 앞 잔디에 배 깔고 자고 있습니다. 저 몸으로 잔디 마당을 뒹굴 것이고…. 내년 봄에는 잔디 풀 뽑는 일거리가 더 만만찮겠다는 생각이 드는 것은 괜한 걱정일까요.

이렇게 10월이 가고, 자미산방의 가을이 깊어갑니다.

계곡 바람 맞으며 감 말랭이는 맛을 더해가고

2023년 11월 25일

적잖이 춥습니다.

전국적으로 기습 한파가 찾아든 오늘, 자미산방의 아침 기온이 영하 7도를 기록합니다. 형제봉에서 쏟아지는 계곡 바람까지 더하면 체감 온도는 훨씬 더 내려가겠지요? 입동이 지난 지 한참 되었고 대설을 앞두고 있으니 추울 때도 되었지만, 양명하여 어지간해서 영하로 떨어지지 않는 자미산방도 오늘따라 춥기는 매한가지입니다.

거두지 않은 텃밭의 무 배추가 축 늘어졌고, 선돌이 물그릇도 꽁꽁 얼었습니다. 얼음을 깨주자 밤새 목이 말랐던지 급하게 목을 축이는 모습을 보면서 왜 좀 더 일찍 나와 얼음을 깨주지 않았나 자책했습니다. 미안한 마음에 아껴두고 있는 곶감을 하나 꺼내주니, 먹지 않고 입에 문 채 이리저리 돌아다니다 외진 구석에 파묻는군요. 본능인지, 아니면 귀한 것을 챙겨주는 주인의 마음을 알고 아껴 먹으려고 저러는 건지 알 수 없지만, "꿈보다 해몽"이라는 말처럼, 저는 후자 쪽에 마음이 가 있습니다.

이틀 동안 말랭이 만들 요량으로 대봉감을 깎고 조각내어 햇볕에 널었습니다.

감의 저장성을 늘리는 방법은 생감을 저온 창고에 보관하거나, 아니면 곶감 또는 말랭이를 만드는 것인데요. 자미산방에는 저온 창고가 없으니 첫 번 방안은 해당이 안 되고, 곶감 아니면 말랭이 쪽인데요. 어린 시절 시골집 처마에 주렁주렁 달려있던 곶감 풍경이 그리워 감이 남아돌던 지난해에는 제법 많은 감을 깎아 곶감도 만들고 말랭이도 만들었습니다. 이곳을 방문하는 이들의 차담상에 올리기도 하고, 자랑삼아 기념으로 조금씩 챙겨드리기도 했습니다.

올해는 대봉감이 너무 흉작이어서, 그냥 홍시로 먹는 것도 넉넉지 않을

형편이지만 그대로 지나가면 서운할 것 같아 그 가운데 얼마간을 떼어내 말랭이를 만들기로 한 것입니다. 고맙게도 아랫마을 감 농사 하는 분이 못 생기고 흠집 난 감을 챙겨준 덕분에 양이 제법 되었고요. 한낮에는 따스한 햇볕을 받고 밤에는 형제봉에서 쏟아지는 찬 계곡 바람 맞으며 감 말랭이 는 맛을 더해갈 것이고, 때가 되면 자미산방을 찾는 분들의 차담상에도 오르겠지요.

아, 그리고 대봉감 얘기가 나온 김에 감식초 담근 얘기도 해야겠습니다. 말랭이 용도의 감을 챙겨주신 분이 그저께는 상처 나고 물러져 깎을 수 없는 감이 좀 있다면서 가져가서 식초를 담가보라고 하시더군요. 그냥 아무 통(옹기라면 더 좋겠지만)에다 꼭지 채 넣어두었다가 1년 뒤 거르면 최고의 건강식품 감식초가 된다면서요. 감 깎을 때 나오는 껍질도 버리지 말고 함께 넣으면 식초 맛을 더한다는 팁도 주셨고요. 바로 읍내에 나가 통을 사오고 거기에다 가리지 않고 있는 감 다 집어넣고 뚜껑 덮음으로써 작업은 끝났습니다. 그리고 1년의 기다림, 감미롭고 시큼한 감식초 맛을 떠올리니 입안에 벌써 침이 고입니다.

읍내 보건소에서 코로나 백신을 맞았습니다. 화이자 XBB 1.5. 이번이 다섯 번째인데요. 지난 6월 중순 코로나 감염으로 한 달 넘게 신고(辛苦) 했던 터라 다시는 감염되고 싶지 않은 간절한 소망이 발길을 인도하지 않았을까요? 이틀 정도 얼마간의 통증과 몸살기가 있었지만 잘 넘어가는 듯합니다.

밖은 추위도 집 안 깊숙이 들어온 햇살이 몸과 마음을 따뜻하게 합니다. 선돌이는 거실 앞 잔디에서 낮잠을 자고 있군요. 구름 한 점 없는 쪽빛 하늘, 형제봉의 늦가을 산색과 능선이 만들어내는 스카이라인이 오늘따라 별스럽게 선명합니다.

더 늦기 전에 무청을 잘라 걸어야겠습니다.

형제봉 쪽에서 쏟아지는 계곡 바람이 찹니다. 때 이른 추위가 매섭습니다.

거두지 못한 텃밭의 무 배추

2023년 12월 5일

한동안 때 이른 매서운 추위가 이어지더니 어제오늘은 많이 풀린 느낌입니다. 선돌이 물그릇도 얼지 않았고요. 그래도 산 쪽에서 내려오는 냉기는 만만찮고 바람까지 불어 아침 산책길에 몸이 움츠러듭니다.

어느덧 12월입니다.

한 해 마감을 앞두고 이런저런 모임에다 행사로 분주해질 때지요? 그런 도회지 삶에서 떨어져있는 자미산방의 일상은 여여하고 나름 한가롭습니다. 주변을 둘러보면 텃밭에는 미처 거두지 못한 무 배추와 고춧대가 그대로 있고, 녹차밭 검불걷기, 매실나무 대봉감나무 가지치기 거름주기 등 이맘때 챙겨야 하는 일거리가 눈에 들어오지만, 당장 해야 할 일도 아닌 데다 당분간 있는 그대로 두어도 그만이라 생각하니 모든 것이 편안하고 자연스럽습니다. 이곳에 귀촌한 뒤 지금처럼 몸과 마음이 여유로운 적이 있었던가 할 정도로요.

그 여유로운 마음으로 차 한 잔 앞에 놓고 가을과 겨울 사이, 간절기의 서정에 빠져들고 싶은 내 속내를 읽기나 한 듯, 초겨울 자미산방은 가고 오는 계절의 풍경을 섞어 간절기 특유의 풍광을 연출하고 있습니다. 겹치며 바뀌어가는 계절의 모습이 참 맑고 선명합니다. 나뭇잎이 지면서 가려져 있던 이곳저곳 구석구석이 드러나고, 그곳에는 안거(安居)에 든 나목의 고요와 평화가 있습니다. 낙엽, 말라버린 풀포기, 메마른 공기, 그 차가운 갈색의 쓸쓸함에서 대나무 숲과 녹차밭의 초록에 대비되는 또 다른 자연의 기운이 느껴집니다.

한쪽에서는 사람 손길이 만들어내는 풍경도 있습니다. 열흘 전쯤 깎아 널어놓은 대봉감 조각들이 낮에는 따스한 햇살 받고 밤에는 형제봉 계곡에서 쏟아지는 찬바람 맞으며 말랭이가 되어가고 있고요. 자연의 맛이 사람의 손을 거치면서 더 깊어지는 모습이라고나 할까요. 기습 한파가 온다기에 서둘러 잘라 걸어 놓은 무청도 거진 시래기가 다 되어갑니다. 건조기가 아닌 자연 속에서 햇살 받고 바람 맞으며 맛 들어가는 저 감 말랭이와 시래기는 어쩌면 자미산방의 초겨울 스산함을 녹여주는 따뜻한 한 폭 풍경화의 오브제가 아닐까 하는 생각도 해봅니다.

자미산방의 또 다른 초겨울 풍경은 구름 한 점 없는 푸른 하늘에 점점이 박힌 듯 달려있는 대봉감입니다. 올해는 작황이 너무 좋지 않아 한 개의 감도 버리지 말고 챙겨야 할 형편이었지만, 따지 않고 남겨 놓은 저 감을 새들이 쪼아 먹어 시나브로 줄어드는 모습을 보면서 석과불식(碩果不食)의 의미를 생각하고 이곳에 터 잡고 사는 뭇 생명들과의 화평(和平)을 빌었습니다.

오늘은 선돌이가 태어난 지 1년이 되는 날입니다. 지난해 12월 5일에 태어나서 1월 18일 자미산방에 왔으니, 한 식구가 된 지 1년이 다 되어갑니다. 지난 7월 비가 억수로 쏟아지던 날 밤, 멧돼지 떼의 공격으로 두 다리가 부러지는 등 생사의 갈림길에 서기도 했지만, 그 힘든 치료 과정을 이겨내고 자미산방의 든든한 지킴이로 커가고 있는 선돌이의 첫돌 날, 고기 넉넉히 넣고 미역국 끓여 나누어 먹었습니다. 너무 맛있는지, 아니면 부족한지 긴 혓바닥으로 연신 입 주위를 핥으며 입맛을 다시는 모습이 무척 재미있고 귀엽습니다.

그 귀여운 모습과는 달리 걱정되는 부분도 없지 않습니다. 함께 산책하다가 비슷한 또래의 개를 보면 심하게 으르렁거리며 싸울 듯이 대드는 행동거지입니다. 오랫동안 진돗개를 키우고 있는 지인으로부터 진돗개는 1년쯤 되면 '머리가 열리면서'(자신의 존재감과 정체성을 깨닫는다는 애견인들의 은어) 이웃 개들과 서열 싸움을 시작한다는 얘기를 듣긴 했습니다만…. 며칠 전 선돌이를 데리고 원각사에 갔을 때의 일인데요. 절에는 나이가 열 살 정도 되는, 선돌이에게는 할아버지뻘 연배의 개가 있습니다. 순하고 영리하여 절에 한 번 다녀간 사람의 차 소리를 기억하는 녀석입니다. 선돌이가 5개월 되었을 즈음 데리고 갔을 때는 둘이서 사이좋게 먹이도 나눠 먹고 했는데, 이번에는 보자마자 선돌이가 먼저 달려드는 바람에 적이 당황스러웠습니다.

선돌이는 간밤에도 멧돼지 떼를 경계하느라 힘들었는지 지금 거실 앞 잔디에서 네다리 쭉 뻗고 오수에 들었습니다. 아침에 끓여준 미역국과 밥으로 넉넉히 배를 채운 뒤라 불룩한 배를 씰룩거리며 자는 모습이 복스럽고 평화로워 보입니다. 사실 처음에는 저처럼 틈만 나면 낮잠 자는 모습이 좀 이상하고 이유가 궁금했는데요. 곰곰 생각하니 밤에는 멧돼지 떼를 비롯해서 야생동물의 접근을 경계하느라 반 뜬 눈으로 보내니 편안한 낮 시간에는 틈나는 대로 잠을 자 두는 게 아닌가 싶습니다. Happy birthday, Seondol !!

곧 연말입니다.

해 가기 전 뭐라도 해야 할 것 같아 한두 가지 일을 계획하고 있습니다. 우선 집 주변 빈 땅에 과실나무를 몇 그루 더 심어보는 것입니다. 지난 장날 묘목을 팔러온 여수 정원농원 사장을 만나 상담을 했고요. 수종을 뭘로 할지 결정해주면 다음 장날 챙겨오겠다고 했습니다. 또 하나는 지난 2월에 했던 것처럼 집 주변 이곳저곳에 녹차나무씨를 넣는 일입니다. 녹차나무는 칡덩굴의 공격도 거뜬히 이겨낼 만큼 생명력이 강한 데다 잡풀을 통제하는 데도 효과적입니다. 거기다가 사시사철 초록의 싱그러운 기운을 선물하고 있으니…, 녹차나무로 자미산방을 장엄해보겠다는 꿈이 충분히 매력적이지 않나요?

또 한 해가 저물어가고 있습니다

2023년 12월 22일

세밑 한파가 매섭습니다.

남녘땅 악양도 아침 기온이 영하 10도를 찍었습니다. 아침 햇살에 반짝이는 대나무 잎새에는 외려 따스함이 묻어있는 듯도 하지만, 파고드는 한기에 몸도 마음도 춥기는 매일반입니다. 선돌이한테는 좀 미안하지만 늘 함께하는 아침 산책 생략하고 따뜻한 차 한 잔으로 몸에 온기를 더해봅니다.

오늘은 일 년 중 밤이 제일 길다는 동지입니다.

이날부터 해가 길어지면서 생명력과 광명이 부활한다고 생각한 옛사람들은 동지를 역(曆)의 시작으로 보았고, 이 땅에서도 고려 충선왕 원년(1309), 원나라의 수시력(授時曆)을 사용하기 전까지는 동짓날을 한 해의 시작, 즉 설날로 삼았다고 하지요.

동지 하면 팥죽일 텐데요. 팥죽 먹으러오지 않느냐는 원각사 스님의 전화를 받고도 날이 너무 추워 갈까 말까 망설이고 있습니다. 날이 추워도 옛 기억은 잊지 않고 찾아듭니다. 어린 시절 동짓날이면 식구들이 둘러앉아 팥죽에 넣을 새알을 빚던 풍경에다, 나이만큼 새알 먹는다는 어른들의 농을 진담인줄 알고 투정하며 할머니의 넉넉한 새알을 빼앗아 먹던 그 때의 철없던 모습이 생각나 나도 모르게 입가에 미소가 번집니다. 60년도 훨씬 더 지난 그때의 방안 정경이 오늘따라 너무나도 선명하게 기억되고 그리워지는 것은 나이 때문만은 아니겠지요?

얼마 되지 않는 텃밭 작물과 대봉감 수확이 진작에 마무리된 터라 자미산방은 요즘이 제일 한가하고 여유로울 때입니다. 모든 게 정지된 듯 고요하고, 동면에 든 초목에는 안식과 평화가 깃들었습니다. 추운 날씨 때문인지, 아침이면 왁자지껄하게 날아들던 산비둘기 떼도 기척이 없고 선돌이도 집에서 나오지 않고 있습니다. 초등학교 갓 들어갔을 무렵 추운 겨울날 아침, 개가 주둥이를 시커멓게 하고 있는 걸 보고 큰일 났다고 걱정하는 저를 보고 할머니는 "저 놈이 간밤에 아궁이에 주둥이를 묻고 잔 모양이구나. 강생이는 주둥이가 따뜻해야 잠을 잘 잔단다."고 하셨지요. 자미산방에 불 때는 아궁이가 하나 있으면 선돌이가 따뜻한 겨울을 나는 데 도움이 될 텐데…, 하나마나한 걱정을 해보는 것도 그 기억 때문일까요.

요 며칠 동안 해 가기 전에 끝낼 요량으로 대봉감나무 가지치기를 하고 있습니다. 덩치가 있는 여덟 그루 가지치기도 적잖은 일거리지만 그보다는 지난해 2월 초에 묘목을 사다 심은 어린 감나무들이 제대로 자세를 잡게 가지를 쳐주는 일이 훨씬 중요하고 또 어렵습니다. 생전 처음 해보는 일이라 자신이 없어 고민 끝에 결국 아랫동네 감 농사 하는 분에게 전화로 조언을 청했습니다. 마침 시간이 있었는지 직접 올라 와서 둘러본 후 몇 나무 시범을 보이는데 무지막지하게 자르는군요. 제가 기겁을 해 말리니 원래 과수 가지치기는 주인은 마음이 약해 못한다면서 껄껄 웃으십니다. 과수 농사는 최소 10년을 내다보고 수종 선택과 가지치기를 해야 하는 이유를 설명한 뒤 거듭 과감하게 자를 것을 주문하고 가시더군요. 저는 차마 그분이 한 것처럼 무자비하게 하지는 못하고 나름 과감하게(?) 자르고 있습니다.

감나무가 끝나면 매실나무 가지를 쳐야 하고, 추위에 약한 무화과나무도 짚이나 뽁뽁이로 감싸주는 방한 작업을 해야 합니다. 아무래도 이번 한파가 물러간 뒤라야 할 것 같은데, 그 사이 동해라도 입지 않을까 걱정입니다.

오후 들어 햇살은 맑으나 계곡 바람이 쏟아지면서 공기가 더 차가워지는 느낌입니다. 창공을 올려다보니 따지 않고 얼마간 남겨 놓았던 대봉감은 새들이 다 쪼아 먹고 이제 달랑 두 개 남았습니다. 저런 풍경마저 없다면 자미산방의 겨울이 한층 삭막할 거라는 생각이 들었고, 석과불식(碩果不食)의 의미로 남겨 놓던 그때의 마음 씀씀이가 대견하게 기억되었습니다.

언제 왔는지 선돌이가 거실 앞 잔디에서 내 산책용 나무 작대기를 물어 뜯고 있습니다. 이것저것 가지고 놀다 싫증나면 낮잠으로 빠져들 터인데, 저 행동에는 좀 더 가까운 데서 주인을 바라보며 교감하고 의지하려는 마음이 담겨있는 건 아닐까요? 거실 유리문을 사이에 두고 손짓 몸짓으로 우리는 오늘도 서로 소통하는 언어를 하나씩 익혀가고 있습니다.

이제 정말 한 해가 끝을 향해 저물어가고 있습니다.

돌아보면 아쉽고 황망한 일이 많았던 한 해였습니다. 개인적으로는 번다한 사회적 인연을 멀리하고 자연에 조금 더 가까이 다가갈 수 있었던 한 해였고요. 자미산방은 그 흔들리는 마음을 무착(無着)과 평정심으로 이끌어준 끈 무언의 힘이자 하심처(下心處)였습니다. 슬프고 고통스러운 순간에는 이 공간을 매개체로 삼아 소통하고 위로하고 위로받을 수 있었습니다. 자신에게, 모든 분들에게, 그리고 선돌이에게 고마움을 전합니다. 새해에는 별을 보고 꿈을 꾸고, 달을 보고 소원을 빌어볼까 합니다. 초목과 대화하고 공기 속의 물기와 바람의 흐름을 가늠해보는 시간을 더 가져보려 합니다. 그리하여 자신을 정화하고 좀 더 의미 있는 길을 걸어가 보겠습니다.

새해에도 강녕하시고 늘 평화로우시길 빕니다.

9 한 걸음 더 자연 속으로

새해 첫날 감나무 가지치기. 설날 아침에
거름 지고 밭에 가는 꼴이지만, 자연은 경계가
없고 끊어짐이 없으니 얼마간 땀을 흘리며
이곳 악양에서의 삶이 단속적인 인간의 시간을
넘어 한 걸음씩 그 자연의 시간 속으로
들어갈 수 있기를 소망했습니다.

- 2024년 1월 1일

새해 첫날 구재봉 위로 해가 떠오릅니다. 일월성신(日月星辰)의
운행을 어느 한순간도 끊어진 적이 없습니다.

새해에는 적당히 건강하고 적당히 행복하길

저 멀리 구재봉 위로 흐릿한 구름을 뚫고 해가 떠오릅니다.

또 한 해가 시작된 것입니다.

천지조화와 일월성신(日月星辰)의 운행은 어느 한순간도 끊어지거나 어그러진 적 없는데, 인간은 그 무한의 연속을 연월일시로 토막 내어 시간을 만들고, 그 토막 낸 시간 속에 삶과 죽음의 의미를 담아 살아서는 수복강녕을 빌고 죽어서는 극락왕생을 염원해왔습니다. 때로는 간절하고 때로는 소박하게.

새해에는 적당히 건강하고 적당히 행복하길 빌어봅니다.

새해 첫날 아침, 하동송림공원을 걸었습니다. 300년 세월, 오롯이 섬진강 물 바라보며 이 강변을 지켜온 아름드리 소나무들의 영(靈)과 기(氣)를 느껴보고 싶었습니다.

오후에는 지난해 끝내지 못한 대봉감나무 가지치기를 했습니다.

새해 첫날 감나무 가지치기. 설날 아침에 거름 지고 밭에 가는 꼴이지만, 자연은 경계가 없고 끊어짐이 없으니 얼마간 땀을 흘리며 이곳 악양에서의 삶이 단속적인 인간의 시간을 넘어 한 걸음씩 그 자연의 시간 속으로 들어갈 수 있기를 소망했습니다.

선돌이가 옆에서 응원하고 있으니, 올가을에는 대봉감이 풍년이겠다 싶습니다.

선돌이는 자주 마실을 갑니다

대한이 내일모레인데 푹한 날씨가 며칠째 이어지고 있습니다.

올겨울은 날씨가 유난을 떤다 싶을 정도로 변덕이 심한 모양새인데요. 비 오는 날이 잦고 기온도 들쭉날쭉입니다. '대한 추위'라는 말이 무색하게 오늘은 영상 기온에다 오후 들어 눈 대신 비가 내리는군요.

날씨는 변덕스러워도 자미산방의 일상은 그럭저럭 계절의 흐름을 따라가고 있습니다. 초목은 진작에 겨울잠에 들었고, 고요가 내려앉은 산촌의 외딴집에도 때맞추어 해야 하는 일은 있기 마련이니, 얼마간 몸을 움직이고 땀 흘리는 정중동(靜中動)의 나날이 이어집니다. 감나무 가지치기가 대충 끝났고 지금은 녹차밭 검불을 정리하는 중입니다. 4월 하순 찻잎 따기에 대비하여 여름 내내 차나무를 휘감았던 풀과 줄기 식물의 잔해를 걷어내는 일입니다. 이때마다 느끼는 것이지만 녹차나무의 생명력은 참으로 놀랍습니다. 공생하자며 매달리는 잡풀 줄기를 즐거이 받아들이고 칡덩굴의 공격도 거뜬하게 이겨냅니다. 칡덩굴에 한번 감기면 덩치 큰 매실나무도 살아남지 못하는 것과 비교하면 여린 녹차나무의 생명력은 확연해지는 것이지요.

녹차나무는 키 높이만큼 수직으로 깊게 뿌리를 내린다고 합니다. 그 깊은 뿌리에서 비롯하는 강한 생명력과 속 깊은 땅기운이 바로 녹차 고유의 깊은 맛과 향의 원천일지도 모릅니다. 곡우 무렵 반짝이는 연둣빛 새순 따차 만들고 입안 가득 퍼지는 감미로운 맛과 향을 떠올리며 지금의 검불 걷는 수고로움을 여유로움으로 받아들입니다.

그렇다고 산촌 생활이 마냥 목가적일 수만은 없습니다. 일주일쯤 전에는 변고 아닌 변고가 있었습니다. 경사지에서 칡덩굴 제거 작업을 하던 중 잡아당기던 칡덩굴이 끊어지면서 뒤로 굴렀고 목 부위가 바위에 부딪히는 사고를 당하게 됩니다. 바위에 부딪히는 순간 단말마의 비명이 터져 나왔고 그 짧은 몇 초 동안 수많은 생각들이 머릿속을 훑고 지나갑니다. 극심한 통증으로 보아 목뼈가 부러졌나보다 하는 생각, 이후 나의 육체적 활동은 어떻게 될까? 등등 온갖 비극적인 상황이 떠올랐고 통증과 절망감에 몸을 떨었습니다. 다행히 뼈에는 이상이 없어 약과 물리 치료를 통해 안정을 찾아가고 있지만, 사고 순간 선돌이가 비명 소리를 듣고 달려와 걱정스러운 눈으로 바라볼 때 나도 모르는 사이에 눈물이 나왔습니다.

선돌이는 아침 먹은 뒤 특별한 일이 없는 한 마실을 갑니다. 그 시간도 거리도 길어지고 있고요. 며칠 전에는 집 근처 매실밭 가지치기하는 노부부한테 가서 한참을 놀다 오더니 그저께는 낮에 나가 저녁때가 되어서야 돌아오더군요. 그렇게라도 하면 좀 좋을 텐데, 결국 어제 또 사고를 치고 맙니다.

다섯 시쯤 검불 걷어내는 일을 끝내고 뒷정리할 때 내내 옆에 있던 선돌이가 보이지 않길래 잠시 어디 갔나 생각하고 집 안에 들어와 쉬고 있는데 아래쪽에서 개들이 싸우는지 격하게 짖는 소리가 한참 들렸고 얼마 뒤 돌아온 선돌이의 행색이 말이 아니었습니다. 오른쪽 귀가 피범벅이었고 몸 곳곳에 흙과 피가 묻어있었습니다. 아랫동네 큰 개와 한 판 붙은 것이 분명했습니다.

정작 더 당황스러웠던 것은 혀를 길게 늘어뜨리고 헉헉거리는 꼴이 안되어 보여 상처 부위도 확인할 겸 손으로 쓰다듬으려 하니 으르렁거리며 물듯이 대드는 것이었습니다. 상대를 제압하지 못한 자신에 대한 분노와 짜증의 표시였을까요? 어쨌든 이대로는 안 되겠다 싶어 목줄을 채워 묶었습니다. 밤새 끙끙거렸고 아침에 일어나 휴대폰에 연결된 외부 CC카메라 영상을 켜 보니 제집 주변을 불안하게 왔다 갔다 하며 묶임에서 벗어나고 싶어 하는 기색이지만 모르는 척 두고 보고 있습니다.

오후 들어 내리기 시작한 비가 부족한 대로 땅을 적시는 듯합니다. 대한 밑이라 좀 이르다 싶지만 매화 꽃몽오리 만드는 데는 큰 도움이 되겠지요? 비 핑계 삼아 주인도 선돌이도 각각의 집 안에서 취향대로 시간을 보내고 있습니다.

"기다림은 내 평생의 업(業)이었습니다"

2024년 2월 4일

병원 갈 일과 빠질 수 없는 모임이 있어 일주일 남짓 집을 비웠습니다.

하루 이틀은 몰라도 일주일 또는 그 이상 집을 비워야 할 때는 우선적으로 고려하는 것이 선돌이 문제입니다. 아직은 어린 데다 장시간 주인과 떨어져 혼자 집을 지키는 일에 익숙지 않기 때문이지요.

선돌이가 자미산방에 온 지 얼마 안 되었을 때는 원각사에 데려다 놓고 갔지만, 머리가 좀 커진 뒤로는 원각사 개 해탈이와는 서로 으르렁거리는 앙숙 관계가 되어 있어 그럴 수도 없었고요. 궁여지책으로 근처에 사는 이웃에게 이틀에 한 번 정도 사료와 물을 챙겨봐 주실 것을 부탁하고 분당으로 향했습니다.

집을 떠나 있는 동안 가끔 휴대폰을 열어 연결된 CC카메라 동영상을 보니 첫 이틀은 그럭저럭 잘 지내는 듯싶었는데요. 사흘째 되던 날 뭔가 느낌이 좀 이상하여 이웃 그분께 전화 드리니, 선돌이가 묶인 줄을 끊고 돌아다니다가 그 줄이 산속 나무에 걸려 오다가다 못하는 신세가 되어 울부짖는 소리를 듣고 겨우겨우 찾아가 데리고 왔다고 하더군요. 튼튼한 줄을 준비해 다시 묶으려 하니 눈치채고 가까이 오지 않는다는 말씀도 하셨고요. 다행히 CC카메라에 자유(?)를 쟁취한 선돌이가 집 주변을 어슬렁거리는 모습이 잡혀 안도하긴 했으나 일각이 여삼추인 양 더디게 가는 시간 속에 서울 일을 보자마자 바로 악양으로 내려왔습니다. 차 소리를 듣고 쏜살같이 달려와 껑충껑충 뛰며 반가워하는 모습에 진한 감정이 솟구치는 것을 어찌할 수 없었습니다. 서로 부딪치며 재회의 감격을 나누는 동안 나는 선돌이를 분양해준 장진희● 시인의 시를 떠올리고 있었습니다.

....

마루 밑에 묶이어
당신이 집을 나서는 순간부터
나는 늘 당신을 기다렸습니다
기다림은 내 평생의 업(業)이었습니다
나를 두고 가는 당신의 애잔한 눈길을 잊지 않았습니다
당신이 돌아오고
우리는 산과 강을 돌아다녔습니다
때로는 설레이며 때로는 침울하여
당신은 걷고
나는 숲속으로 물속으로 거침없이 뛰어다녔습니다
그 시간이 올 것을 믿기에 기다림은 그다지 힘겹지 않았습니다
....

(〈진돗개의 죽음〉, 장진희)

그나저나 서울 다녀오느라 일이 많이 밀렸습니다. 꽃나무 정리와 키위(양다래) 덩굴 받쳐줄 철골 지지대 만드는 일 등은 좀 있다 하더라도 한창 꽃몽오리가 올라오고 있는 매실나무 가지치기는 더 미룰 수 없는 상황입니다.

사실 매실나무 가지치기는 감나무 가지치기에 앞서 진작 끝냈어야 할 일입니다. 차일피일 이 핑계 저 핑계 게으름 떨다가 매화 꽃몽오리 부풀어 오

를 때가 되어서야 허둥대는 꼴이 좀 거시기하지만 어쩌겠습니까. 형편대로 하는 수밖에요.

오늘은 잔뜩 흐리고 금방이라도 비가 올 듯한 날씨입니다. 해가 나지 않았어도 기온은 영상이라 아침부터 매실밭으로 나갑니다. 매실을 내다 파는 농가에서는 씨알을 키우기 위해 무자비할 정도로 가지를 쳐내지만, "열매(매실)보다 꽃(매화)"을 사랑하는 자미산방 주인은 대충 웃자란 가지만 자릅니다. 어찌 보면 꽃도 열매도 다 잃을 법한 가지치기인데요. 꽃몽오리 부풀고 있는 작은 가지 하나를 두고서도 자를까 말까 망설이니 작업 속도는 자꾸 늦어집니다.

옆에서 장난치며 놀던 선돌이가 혼자 노는 것에 싫증났는지 같이 놀자고 보채니 지난 한 주 동안 외롭게 집을 지킨 공로를 생각하여 거절 못 하고 서둘러 하던 일을 끝냅니다. 시작이 반이니 그래도 조금 서두르면 매실나무 가지치기가 설 전에는 끝날 듯싶습니다.

● 전남 곡성에서 선돌이의 어미 개 하양이를 키우고 계십니다.

비도 잦고 기온도 들쑥날쑥
2024년 2월 19일

어젯밤부터 내리기 시작한 비가 아침까지 이어지고 있습니다.

오늘이 절기상으로 우수이니 지금 이 비는 때맞추어 내리는 봄 마중 비가 분명한데요. 과유불급(過猶不及)이듯 일부 지역에서는 비 피해가 우려된다는 달갑잖은 뉴스가 뜹니다. 2월 들어서도 비 오는 날이 잦고 한낮 기온이 20도를 웃돌다가 밤에는 영하로 떨어지는 날도 심심찮습니다. 비도 잦고 기온도 들쑥날쑥, 간절기 날씨는 역시 변덕스러워야 하는 모양입니다.

비가 잦으니 땅은 넉넉히 물기를 먹어 풀이 많이 돋았고 무엇보다 녹차나무의 발육 상태가 좋습니다. 계절의 발걸음도 한층 빨라지는 듯하고요. 평지보다 좀 늦게 피는 자미산방의 매화가 꽃몽오리가 터질 듯 한껏 부풀어 올랐고 벌써 핀 녀석들도 제법 있습니다.

그저께 하동장에 나간 김에 또 묘목 몇 그루를 사 와 심었습니다. 이제 심을 땅도 남아 있지 않지만, 묘목을 보면 그저 심고 싶은 충동이 꿈틀거리는 건 어쩔 수가 없습니다. 비 오고 땅이 젖어 있으니 더 그럴까요? 이번에는 개량종 복숭아 1, 살구맛 자두 1, 밤나무 3그루 등입니다.

요즘 들어 종일토록 전화 걸어오는 이도 없고 내가 건 적도 없는 날이 간간이 이어집니다. 무료하거나 외로울까요? 전혀요. 귀와 입이 편하고 마음도 덩달아 여유로워집니다. 전화 울림 소리 없는 고요 속 종이책 읽는 시간이 참 좋습니다. 살짝 코를 자극하는 종이 냄새와 책장을 넘길 때 손끝에 전해지는 신비로운(?) 촉감을 어떻게 표현해야 될까요. 간혹 정적을 깨는 반가운 전화가 올 때도 없진 않습니다. 산골 외딴집에 사는 '독거노인'이 무사한지 걱정하는 친구 전화입니다. 그 마음씀씀이가 고마워 직접 만든 녹차와 매실청을 보냈더니 상비약 이것저것을 챙겨 보내왔습니다.

오늘같이 비 오는 날은 이전에 읽었던 책들을 다시 꺼내보는 것으로 시간을 보낼 때가 많습니다. 독서와 관련하여 지극히 개인적인 이야기입니다만, 기억컨대 지금까지 아마도 가장 많은 시간을 내어 읽었고 요즘도 시간나는 대로 꺼내 읽는 책은 전12권으로 된 진순신(陳舜臣 ; 1924~2015)의 〈중국의 역사〉입니다. 어림잡아 열 번은 더 읽었으니까요. 저자 특유의 박람강기(博覽强記)가 동원되어 펼쳐지는 그의 대하 역사평설은 읽을 때마다 새롭게 다가오는 부분이 있고 중국 역사의 명장면들을 들여다보는 재미가 쏠쏠합니다. 그 가운데서도 한족과 이민족이 뒤엉켜 20여 왕조가 명멸하며 중국문명의 원형을 만들어가는 남북조시대의 여러 인물 묘사는 압권입니다.

간만에 희소식이 하나 도착했습니다. 연초에 신청한 '2024년 산림소득 지원사업' 대상자로 선정되었다는 통보입니다. 사업 이름이 자못 거창하지만, 내용인즉 대봉감 곶감과 말랭이 만드는 건조기 구입 및 설치 비용의 절반을 하동군에서 지원하는 사업에 제가 선정되었다는 것인데요. 지난해는 떨어졌는데 올해는 운이 닿았나 봅니다. 재미있는 사실은 같은 산지에 재배하더라도 대봉감은 임산물, 단감 매실은 농산물로 분류된다는 것입니다. 얼마간의 대봉감을 하고 있는 자미산방도 그래서 '산림소득' 지원사업에 신청서를 낼 수 있었고요. 어쨌든 올해는 건조기가 마련되어 대봉감 말랭이와 곶감 만드는 일이 한층 수월해지고 그 양도 많아질 것을 생각하니 은근히 기대가 됩니다.

선돌이가 같이 놀자고 현관문을 긁어대고 있습니다.

"호우지시절(好雨知時節)"

2024년 3월 11일

한동안 궂은 날씨가 이어지더니 맑고 화창한 봄 날씨를 되찾고 있습니다.

어제는 모처럼 좋은 날씨라 집에 그냥 있기 뭣해서 바람도 쏘일 겸 정원 농원을 찾았습니다. 농원 사장과는 하동장에서 묘목을 거래하면서 알게 된 사이인데, 그동안 적지 않은 묘목을 그에게서 샀고 그는 늘 좋은 가격으로 주었습니다. 언제 시간 나면 농원에 와서 입맛대로 골라보라고 한 말이 생각나서 직접 방문해보기로 한 것입니다.

견물생심(見物生心)인 듯, 식목 철을 맞아 출하 대기 중인 많은 묘목을 보니 또 욕심이 발동하여 이것저것 제법 많은 묘목을 샀습니다. 감 4, 밤 3, 꾸지뽕 2, 노란꽃모란 1, 다래 1, 덩굴장미 2, 서부해당화 2, 명자 2, 다이너마이트 백일홍 5그루 등입니다. 차에 실을 공간이 남았더라면 더 샀을지도 모릅니다. 무궁화 묘목은 찾는 사람이 없는지 가져갈 만큼 그냥 파 가라고 하길래 열 그루를 챙겼습니다. 다 익숙한 나무들이지만 서부해당화와 다이너마이트는 처음 들어보는 것입니다. 서부해당화는 수사해당화로도 부르는데 꽃사과 비슷한 장미과 꽃나무입니다. 원산지 중국 이름을 그대로 따 쓰다 보니 그렇게 된 것이라고 하는데요. 우리나라 바닷가나 섬마을에 많이 자라는 해당화하고는 하등 관련도 없고 비슷하지도 않습니다. 다이너마이트는 수입종 백일홍(배롱나무)으로 진홍색 꽃색이 아주 매력적인 데다 추위에 강하고 성장 속도도 빨라 요즘 들어 수요가 많다고 하는군요. 농원 사장의 강추로 처음 들어보는 꽃나무 묘목을 일곱 그루나 샀습니다.

묘목을 살 때는 즐겁지만 사실 심는 일은 적잖이 힘듭니다. 심을 자리를 정하는 것도 고민해야 하고요. 돌아오는 차 속에서 심을 위치를 대충 정한 터라 집에 오자마자 부지런히 구덩이를 파고 심었는데도 절반 정도 끝내니 해가 저물었습니다.

오늘도 아침부터 서둘러 어제 심고 남은 묘목들을 생각해둔 곳에 마저 심었습니다. 일을 시작한 김에 집에서 좀 떨어져 있는 머위 뿌리를 두어 상자 캐다 컨테이너 창고 앞 경사지에 옮겨 심었고, 흙이 비옥한 탓인지 너무 무성한 화단의 붓꽃도 쪼개어 다른 곳에 옮겨 심었습니다. 그러고 나니 또 하루가 갑니다.

저녁 무렵 비가 내리기 시작합니다. 묘목 심은 뒤 비가 오니, "좋은 비는 시절을 알아(好雨知時節)"로 시작되는 두보(杜甫 ; 712~770)의 시 〈춘야희우(春夜喜雨)〉가 떠오르고 입가에 살며시 미소가 번집니다. 이 시에서 제목을 따온 정우성 주연의 영화 〈호우시절〉도 생각나고요.

봄비는 "바람 따라 몰래 찾아와 소리 없이 만물을 적시고(隨風潛入夜 潤物細無聲)", 창밖에는 흐릿한 비안개 속으로 만발한 매화가 비에 젖고 있습니다.

금낭화는 계곡물에 휩쓸려 간 것일까요?

2024년 4월 3일

아침부터 질금질금 비가 내리고 있습니다. 봄이 되니 주변이 다 일거리인데, 백면서생 촌부가 봄비의 시정(詩情) 핑계 삼아 게으름 떨기 딱 알맞은 날씨라고나 할까요.

만개한 수선화 꽃잎 비에 젖어 무겁고, 마당 잔디에서 새싹이 돋아나고 있습니다.

봄은 역시 꽃의 계절입니다. 자미산방은 2월 중순 무렵 매화가 피는 것으로 꽃들의 시간이 시작됩니다. 때로는 화려하고 때로는 소담스런 자태로 이곳저곳에서 풀꽃이 피어나고, 다듬어지지 않은 야생의 아름다움 속으로 사람의 손이 닿은 인공의 아름다움이 뒤섞입니다.

3월이 가고 매화가 지면 산자락 드문드문 산벚꽃이 피고 돌배꽃이 그 뒤를 잇습니다. 축대 옆 3년생 살구와 자두나무에서도 적잖은 꽃이 피고 천리향과 라일락도 뒤질세라 열심히 꽃몽오리를 만들어갑니다. 화단 한 켠의 할미꽃이 수줍은 듯 고개 숙이고 구봉화가 피는 것도 이 무렵입니다.

올봄에는 동백 두 그루에 정말 꽃이 많이 들었습니다. 첫 두 해는 뿌리 내려 자리 잡고 계곡 찬바람 적응하느라 주춤하더니 올해는 지난 2년 동안 축적한 에너지로 한껏 꽃을 피워내는 모양새입니다. 풍성한 꽃송이와 흑장미를 닮은 진홍빛 꽃색이 무척 매력적이어서 하루걸러 사진기에 담고 있는데요. 그때마다 지난해 선돌이가 부러뜨린 흰 동백나무가 더 그리워지는 것은 무슨 까닭일까요?

오후 들어 비가 그치는 듯하여 계곡 쪽으로 나갔더니 개복숭아가 바야흐로 꽃망울을 터뜨리고 있습니다. 그 사이사이로 두릅나무가 새순을 밀어올리고 있는 모습이 천연스럽고, 불어난 계곡 물소리 자못 우렁차 한참을 머물렀습니다.

하나 안타까운 일도 있습니다. 해마다 계곡 가에 피던 금낭화가 필 때가 되어 찾아보았으나 보이지 않았습니다. 폭우 때 계곡물에 휩쓸려 간 것일까요? 이럴 줄 알았으면 화단에 옮겨 놓을 걸 하고 후회가 되지만, 이 또한 자연의 조화이자 질서일 것입니다.

때맞추어 멀리 강원도 지인이 보내온 능소화 두 뿌리를 집 서쪽 벽에 붙여 심었습니다.

찻잎 따는 동안 속진(俗塵)의 잡념 다 사라지고

2024년 4월 28일

며칠째 이어지던 초여름 날씨가 한풀 꺾이는 기세입니다. 여름이 시작된다는 입하가 일주일 앞이니 지금의 따가운 햇살이 하등 이상한 일도 아니지만, 올해는 날씨가 좀 별난 듯싶다는 생각을 지울 수가 없습니다.

절기(節氣)와 일기(日氣)에 맞추어 돌아가는 것이 전원생활입니다. 작물을 심고 키우는 일도 당연히 그럴 테고요. 얼마간의 텃밭을 가꾸고 봄에는 녹차와 매실, 가을에는 대봉감을 수확하는 자미산방의 일상도 자연의 시간과 숨결로부터 자유로울 수 없기는 매일반이겠지요.

올봄은 비가 잦은 데다 기온마저 높으니 초목이 나고 자라는 시기도 속도도 빨라지고 있습니다. 매화가 일찍 피었고 벚꽃도 일찍 피었고요. 풀이 빨리 자라 예년보다 한 달가량 일찍 예초기를 꺼내야 했고 마당 잔디도 사정이 별반 다르지 않습니다.

예년 같았으면 4월 하순에 할 텃밭 모종내는 일도 2주가량 앞당겼습니다. 조금 더 빨리 봄철 푸성귀를 먹을 수 있어 좋지만, 땅과 작물이 그러한 변화에 잘 적응할 수 있을까 괜한 걱정도 해봅니다. 그나저나 텃밭 일구느라 땅을 파 뒤엎는 와중에 개구리 한 마리가 쇠스랑에 찍혀 횡사하는 일이 있었고 그 모습이 여러 날 머릿속에 남았습니다.

한편으로 잦은 비에 녹차나무도 일찍 생기가 돌았고 새순이 빨리 돋았습니다. 올해는 찻잎 발육 상태가 좋아 좀 넉넉하게 차를 만들어볼 요량으로 곡우 무렵 사흘 동안 찻잎 따 첫물차를 만들었고 지금은 2차로 찻잎을 따고 있는 중입니다. 5월 초에 한 번 더 딸 계획이고요.

찻잎 따면서 문득 녹차에도 포도주 라벨처럼 수확 연도(vintage), 산지, 채엽 시기, 찻잎 등급, 맛, 성분 등과 같은 정보를 좀 더 체계적으로 표기하면 어떨까 하는 생각을 해보았습니다. 자미산방에서는 매년 소량의 발효차를 만드는데요. 발효차는 시간이 흐르면서 숙성되어 맛이 좋아지는 데다 그 맛과 향기는 당연히 찻잎의 작황과 등급에 크게 좌우될 테니 그런 체계적인 정보 표기는 전혀 뜬금없는 애기가 아닐 거라는 생각도 들었습니다. 어쨌든 올해는 찻잎 작황이 좋으니 2024년도 차가 많은 차 애호가들의 사랑을 받고 명품차로 기억되길 바라는 마음으로 오늘도 차밭에 묻혀 한 잎 한 잎 정성 들여 찻잎을 땁니다.

사실인즉 찻잎 따서 차를 만들다보면 그 일이 여간 수고로운 것이 아님을 알게 됩니다. 때와 날씨를 살피고 정성과 공력을 쏟아야 합니다. 그러나 그것에는 당연히 무엇과도 바꿀 수 없는 큰 보상이 함께합니다. 마음의 평화와 치유, 안식과 해방감이라고 해도 될까요? 그래선지 찻잎 따는 동안만은 속진(俗塵)의 잡념이 다 사라지고, 그 무념무상의 마음 공간에는 따끈한 햇살과 새순 찻잎의 싱그러움, 평화와 안식이 깃듭니다.

갓 딴 찻잎을 거실에 펼쳐 놓고 첫물차 한 잔에 망중한을 담아봅니다. 집 안은 싱그러운 찻잎 냄새 가득한데, 창밖으로 무심한 연둣빛 봄빛이 무한으로 펼쳐지고 있습니다. 신록의 신비로움에 경탄하고 인간을 품어 안는 자연의 넉넉함에 감사합니다.

화단 한 켠에서 붓꽃이 피어나고 있습니다.

사람이 하는 일은 여기까지

2024년 5월 17일

간밤에도 멧돼지 떼가 내려온 모양입니다. 밤중에 선돌이가 한참을 짖었고, 그 소리에 잠을 깨지만 늘상 있는 일이라 몸을 몇 번 뒤척이다 다시 잠에 빠져듭니다.

선돌이는 지난해 여름, 태어난 지 7개월 되었을 무렵 겁 없이 멧돼지 떼에 달려들다 죽음의 문턱까지 가는 호된 변을 당한 뒤로는 그 녀석들이 내려오더라도 멀찌감치 떨어져 짖기만 할 뿐 달려들 생각을 안 하고, 멧돼지떼는 텃밭과 대밭을 다녀가지만 집 근처로는 다가오지 않습니다. 상호 간에 암묵적으로 용인한 거리를 두고 긴장 관계를 유지하고 있다고나 할까요.

아침나절에 텃밭이랑 대나무 숲 주변을 둘러보니 역시나 곳곳에 멧돼지떼가 다녀간 흔적이 어지럽습니다. 지금이 죽순 철이라 죽순을 좋아하는 멧돼지 떼는 거의 매일 오는 듯싶고요. 저들이 좋아하는 죽순이나 챙겨 먹고 가면 좋을 텐데, 그 큰 덩치로 이곳저곳을 헤집는지라 텃밭 작물과 어린 과실수들이 불의의 피해를 입기 마련입니다. 며칠 전에는 감나무 밑에 음식 쓰레기 묻은 것을 파헤쳐 놓았고 그 옆에는 한창 자라고 있는 3년생 대봉감나무 한 그루가 쓰러져 있었습니다. 속이 많이 쓰렸지만 그렇다고 뭘 어쩌겠습니까. 이 또한 자연 생태의 한 부분이라 생각할 수밖에요.

사흘에 걸쳐 감식초를 걸렀습니다. 지금 거르는 감식초는 대봉감이 대풍이던 2022년 11월에 담가 놓았던 것입니다. 지난해 담근 것은 좀 더 넉넉히 묵혀 올 연말 또는 내년에 거를 생각이고요. 아무튼 담글 때는 감을 깨끗이 씻어 물기를 뺀 뒤 꼭지 채로 큰 통에 그냥 넣고 뚜껑 덮으면 끝났지만 거르는 일은 그처럼 간단하지가 않았습니다. 아랫동네에서 감식초를 많이 하는 분의 조언대로 통 속에서 식초가 되어 흥건하게 물러진 감 덩어리를 거름망을 받쳐 거르면 되는 줄 알았지만 생각만큼 깔끔하게 걸러지지가 않습니다. 고심 끝에 두부 만들 때처럼 짓이겨진 감 잔해를 거름망에 넣어 입구를 묶은 뒤 큰 돌 두어 개를 올려놓았더니 천천히 식초가 흘러내립니다. 그렇게 사흘을 두니 식초가 거의 다 걸러졌고, 걸러진 식초는 숙성을 위해 보관통에 옮겨 담았습니다. 지금 이 상태에서도 시큼한 맛이 참 좋은데, 시간이 흐르면서 익어지면 맛도 향도 더 깊어지겠지요.

하는 김에 매실청도 함께 걸렀습니다. 지난해 6월 초에 담가 놓았던 것인데요. 매실청은 나물 삶을 때 쓰는 철망 국자로 쪼글쪼글해진 매실을 건져내기만 하면 되니 감식초 거르는 일에 비하면 일도 아닙니다. 걸러낸 통에는 조만간 올해 매실을 따 채우고 유기농 비정제 설탕을 비슷한 비율로 섞어 넣을 것입니다.

이로써 한 해 감식초 매실청 만드는 일이 마무리되었습니다. 사람이 하는 일은 여기까지이고 이제부터는 자연과 함께 숨 쉬는 숙성과 기다림의 시간입니다.

개망초꽃

2024년 6월 3일

집 뒤로 한 300m 올라가면 마루네 할아버지 할머니가 살던 집이 있습니다. 할아버지가 중환으로 병원에 입원하시자 할머니는 병 수발하러 따라가시고 마루는 개장수에게 팔려갔습니다. 할아버지 돌아가시고 할머니마저 떠나버린 빈 집에도 어김없이 또 봄이 오고 가고 여름이 왔습니다. 집 앞 산초밭의 산초나무는 돌보지 않아 드문드문 말라 죽었고 그곳에 개망초가 지천으로 꽃을 피웠습니다. 형제봉 등산 가는 도회지 사람들은 메밀꽃밭인 줄 알고 열심히 스마트폰으로 사진 찍어 추억거리를 만들지만, 배고픔이

사람이 떠난 빈 밭에는 개망초꽃이 핍니다.

일상이던 시절 긴 가뭄으로 말라붙은 천수답에 한 줌의 먹을거리라도 건지기 위해 한숨 쉬며 씨 뿌리던 대파(代播) 작물이 메밀인 줄 알기나 할까요? 그 메밀꽃 아니 개망초꽃 사이를 오가며 선돌이는 오늘도 누군가의 흔적을 찾고 있습니다. 할아버지? 할머니?, 마루? 고라니? 멧돼지? 선돌이가 찾는 것이 무엇인지 나는 알지 못합니다.

그들은 산촌의 고요와 평화로움을 부러워하고
2024년 6월 19일

모레가 하지이니 6월도 어느덧 하순입니다.

새해가 시작되었다고 떠들썩하던 때가 엊그제 같은데 벌써 한 해의 절반이 지나가고 있으니, 새삼 시간의 덧없음을 실감합니다. 어린 시절 동무들과 놀고 놀아도 해는 늘 중천에 떠 있었는데, 지금은 눈뜨면 아침이고 차한 잔 마시면 저녁입니다.

한여름으로 가는 길목에서 초목들이 신록에서 심록의 옷으로 갈아입고 있습니다. 1년 중 낮이 제일 길 때라 다섯 시만 되어도 날이 훤하고 부지런한 농부는 바깥일을 시작하지요. 예초기 소리에 잠 깨어 시계를 보니 다섯시 반을 조금 지나고 있는데, 아랫마을 강 씨가 벌써 올라와 감나무밭 풀을 베는 모양입니다. 아니면 2년 전 귀촌하여 자미산방 인근의 대봉감나무 밭을 임대하여 감 농사를 시작한 정 씨일 수도 있고요.

악양 들판 모내기는 진작에 끝났고 고사리 꺾기와 매실 수확도 끝나가고 있습니다. 아침 산책길에 취나물밭 풀 뽑고 머위대 끊고 있는 노부부에게 올봄 농사가 어땠느냐고 운을 띄우니 매실은 그런대로 괜찮았으나 고사리는 기대에 못 미친다고 하는군요. 그러면서 이제 조금 한가해졌으니 조만간 함께 오붓하게 어디 짧은 여행이라도 다녀올 것이라며 웃으십니다.

지인들의 자미산방 방문이 단속적으로 이어지고 있습니다. 그들은 이 호젓한 산자락에서 하루 이틀 맑은 공기 마시면서 도회지의 찌든 때를 씻어내고, 나는 그들의 도회지살이 얘기 들으며 추억에 잠깁니다. 그들은 산촌의 고요와 평화로움을 부러워하고 나는 그들의 역동적인 세상살이에 감탄합니다.

며칠 전 자미산방을 찾은 지인이 이곳에 넘쳐나는 자연의 냄새가 참 좋다고 하더군요. '자연의 냄새'는 제가 순화한 표현이고 그가 사용한 단어는 '똥 냄새' '거름 냄새'였습니다. 주위가 온통 대봉감나무 매실 밭이고 이른 봄 과수에 뿌린 닭똥 소똥 거름이 분해되면서 냄새가 한창 퍼져날 때인 데다 몽환적인 밤꽃 냄새와 여러 풀꽃 향기가 뒤섞인 오묘한(?) 냄새는 분명 자연의 냄새가 분명하겠다 싶었습니다. 산책길의 선돌이가 가끔가끔 걸음을 멈추고 하늘을 올려다보며 코를 벌름거리는 모습을 보일 때면 저 녀석도 자연의 그 오묘한 냄새를 맡는 모양이구나 하는 생각에 입가에 저절로 미소가 떠오릅니다.

봄은 봄대로 여름은 여름대로 꽃은 피기 마련이지요. 6월에 피는 야생화들이 집 주변에 심은 꽃나무들과 어우러지고 자연과 사람이 함께 만들어가는 풍경에 눈이 머물 때가 많습니다. 문 열고 몇 걸음 걸으면 다 야생인 이곳에 개망초꽃이 지천으로 피었고 씀바귀꽃도 한창입니다. 집 들어오는 길옆의 덩굴장미가 흐드러졌고 수국도 제철을 맞고 있습니다. 지난해 꽃에서 씨 떨어져 자라난 봉선화와 코스모스, 금잔화는 아직 제철이 아닌데도 앙증맞은 자태로 군데군데 꽃을 피웁니다. 철없는 모습들이 귀엽고 한편으로 불안스럽지만 말릴 수도 없는 노릇입니다.

마당 한쪽에서는 묘목을 심은 지 3년째인 석류가 제법 많은 꽃을 피우고 있고 능소화도 그 치명적인 꽃색을 펼치기 시작했습니다. 원추리도 꽃대가 많이 솟았고요. 조만간 자미산방의 지킴이 자미화도 그 뒤를 따르겠지요.

6월의 자미산방. 풀꽃과 나무꽃, 야생과 인공이 어우러진 그 구성과 자태가 거칠어서 자연스럽고 제멋대로인 듯 조화롭습니다. 그나저나 곧 장마철인데, 피어나는 꽃들이 어떻게 쏟아지는 빗줄기와 축축한 물기를 견뎌낼지 궁금하기도 하고 은근히 걱정도 됩니다. 저들을 생각하는 이 마음을 저들도 알고 있을까요?

선돌이는 요즘 털갈이하느라 행색이 조금 거시기합니다. 빠진 털이 밥그릇에도 잔디에도 묻어 있고 덩굴장미 가시에도 걸려 있고요. 거시기한 제 행색을 아는지 내가 보는 데서 힘차게 몸을 흔들고 뒹굴며 묵은 털을 떼어내느라 애쓰는 모습이 재미있습니다.

대봉감이 어느새 작은 밤톨만 해졌습니다.

―――――――――――――――――――――― "걸어도 걸어도 그 자리, 가도 가도 떠난 자리"입니다.

김치호
金治鎬

1954년 경남 밀양 출생. 연세대학교를 졸업했고, 미국 아이오와주립대학교에서
경제학박사 학위를 받았다. 20여 년 동안 한국은행에서 거시경제 변동, 통화정책, 금융위기
관련 연구를 수행했고, 정리금융공사 사장을 거쳐 숭실대학교 경제학과 교수를 지냈다.
〈한국의 거시경제 패러다임〉 등의 책과 함께 60여 편의 연구 논문을 국내외 학술지에
발표했다. 본업인 경제학의 경계를 넘어, 아름다움을 욕망하는 인간의 내면에 관한 인문학적
글쓰기를 통해 세상과 교감하며 소통해왔다. 2009년에는 우리 고미술에 녹아있는 아름다움을
찾아 몰입하며 체득한 안목으로 〈고미술의 유혹(한길아트)〉을, 2015년에는 〈오래된
아름다움(아트북스)〉을, 2020년에는 〈창령사 오백나한의 미소 앞에서(한길아트)〉를
펴내는 등 한국미술의 미학적 특질과 컬렉션 문화를 탐구하는 글쓰기를 계속하고 있다.
지금은 경남 하동군 악양면 형제봉 자락에 귀촌하여 글 쓰고 텃밭 농사짓는 촌부로 살고 있다.

봄비는,
내가
나무 심은 걸
알고

ⓒ 2025. 김치호

발행일	2025년 1월 5일
지은이	김치호
발행인	이지순
편집	이남우, 이상영
디자인	BESTSELLER BANANA
교정	한바다
마케팅 · 관리	성윤석
발행처	뜻있는도서출판
주소	창원시 성산구 중앙대로 228번길 6 CTR빌딩 3층
전화	055-282-1457
팩스	055-283-1457
전자메일	ez9305@hanmail.net
등록제	제567-2020-000007호
ISBN	979-11-989617-2-3

값 18,000원